Rodrigo Rey Rosa

Pierres enchantées

Traduit de l'espagnol (Guatemala)
par André Gabastou

Gallimard

Titre original :
PIEDRAS ENCANTADAS

Rodrigo Rey Rosa est né à Ciudad de Guatemala en 1958. Il a voyagé et séjourné à New York, en Europe et à Tanger. Durant son premier séjour au Maroc, il fait la connaissance de Paul Bowles qui traduira ses trois premiers livres. Il mêle dans son œuvre mythes, réalités et rêves, construisant des fictions envoûtantes qu'imprègnent la violence ordinaire et la beauté naturelle de son pays natal. En 2004, il adapte au cinéma sa nouvelle *Un rêve en forêt*, sous le titre *What Sebastian dreamt*, et reçoit l'année suivante le prix national de Littérature guatémaltèque Miguel Ángel Asturias. Il est également traducteur en langue espagnole des œuvres de Paul Bowles, Norman Lewis, Paul Léautaud et François Augiéras.

Pour Isabel

Guatemala, Amérique centrale.

Le pays le plus beau, les gens les plus laids.

Guatemala. La petite république où la peine de mort n'a jamais été abolie, où le lynchage a été la seule manifestation d'organisation sociale qui ait perduré.

Ciudad de Guatemala. Deux cents kilomètres carrés d'asphalte et de béton (produit par une seule famille jouissant d'un monopole tout au long du siècle dernier). Prototype de la ville dure, où les gens riches circulent dans des véhicules blindés et où les hommes d'affaires les plus en vue portent des gilets pare-balles. La métropole précolombienne qui finança la construction de grandes cités comme Tikal et Uaxactún — sur laquelle fut construite la ville actuelle — avait connu son expansion économique grâce au monopole de l'obsidienne, symbole de la dureté dans un monde qui ignorait l'usage du métal.

Ville plate, qui se dresse sur un plateau entouré de montagnes et creusé de ravins ou de gorges. Au sud-est, sur les flancs des montagnes bleues, il y a les forteresses des riches. Au nord et à l'ouest, les ravins ; et sur leurs pentes sombres, les faubourgs appelés limonadas, *les décharges et les dépôts d'ordures, que des urubus pestilentiels survolent en bandes, « telles d'énormes cendres soulevées par le vent », comme l'a écrit un voyageur anglais, tandis que le sang qui s'écoule des abattoirs se mêle à l'eau des ruisseaux ou des égouts qui courent vers le fond des gorges, et tandis que les huttes de milliers de pauvres (cinq mille au kilomètre carré) glissent bon an mal an vers le fond à la suite des pluies torrentielles ou des tremblements de terre.*

Ici, pour désigner une voiture, on ne dit pas automóvil *ou* coche *(*coche *est utilisé pour le porc), mais* carro ; *le portable n'est pas un* móvil *mais un* celular ; *les murs sont couverts de* pintas *et non de graffiti ; un verre, c'est un* trago, *et au Guatemala, la gueule de bois s'appelle* goma. *Pour monter au dixième étage d'une « tour » — on est dans le quartier privilégié — il faut prendre* el elevador. *(Mais aujourd'hui, il ne marche pas.)*

Ici (presque) rien n'est comme on le pense. Regardez ce septuagénaire fortuné. Son plus grand orgueil est de vivre seul et il ne téléphone jamais à personne. Il a — c'est lui-même qui le dit — un cœur de pierre.

Sur les murs de certaines maisons luxueuses, surmontés de fil de fer barbelé, on peut lire : Bouddha creux *(homosexuel) ;* Pierres enchantées *(nom d'une redoutable bande d'enfants)* ; Satan vit, mais Gerardi — *martyr local de la mémoire historique* — est mort.

Dans les deux buvettes qui sont juste au pied de la tour de logements Bella Vista dans laquelle vous habitez (un tag Coca-Cola d'un côté, Pepsi-Cola de l'autre), il y a de la musique de mariachis et des airs tex-mex. Vous avez déjà protesté contre le bruit, mais maintenant vous savez que la musique ne vient pas des buvettes mais des voitures des clients qui se sont garés tout près et…

N'oubliez pas que vous êtes au Guatemala. Une des voitures s'appelle Raptor et l'autre Liquid. On dit que, dans l'une de ces échoppes, on vend de la cocaïne en poudre et des galettes de crack. Mieux vaut ne pas protester.

Les fenêtres de votre salle de séjour donnent sur la place de Berlin, au bout de l'avenue de Las Américas. Sur le béton d'une peinture murale, il y a encore, sous forme de bas-relief, la carte des deux Allemagnes. À côté, deux stèles mayas (de fantaisie) non ouvragées. Sur l'une, un enfant a dessiné un autre enfant à la peinture noire — à noter la forme rectangulaire de la tête qui suggère la coupe de cheveux militaire et le trapèze du bas qui fait penser à une soutane. Sur l'autre, quelqu'un, à l'imagination moins fertile, a écrit, il y a longtemps, en énormes caractères : FAR. Les amoureux s'embrassent et se caressent au bord du bassin, au pied des goyaviers et des pins, dans les voitures garées dans le virage qui contourne le haut du parc. Une bande de jeunes gens vêtus de jeans à pattes d'éléphant, de larges tee-shirts, chaussés de grosses chaussures noires renforcées d'acier et portant des casquettes de base-ball, passe en courant devant les couples qui interrompent un instant leurs roucoulements et leurs caresses. (L'herbe, plus bas, est sillonnée de sentiers qui s'entrecroisent comme à la campagne. Vous y avez vu les excréments secs des chevaux, la trace de leurs sabots, des sachets de bonbons vides et des préservatifs usagés.) Les jeunes descendent en courant par les sentiers.

Les toiles d'araignée de l'éclairage commencent à briller sur la plaine qui s'étend entre la partie basse de la ville et la ligne de montagnes et de volcans qui empêchent de voir la mer. Vous pourriez être dans une autre ville — les voitures sont des Toyota, des VW, des Datsun, des Chevrolet, des BMW, des Ford — mais regardez les constructions de nuages sur ce volcan !

(Une fausse intuition de l'infini.)

Vous êtes à Ciudad de Guatemala. Ne l'oubliez pas.

Regardez à l'ouest (de la fenêtre de votre chambre à coucher en haut de la tour). Là, au bord d'un ravin habité, se termine la piste d'atterrissage de l'aéroport La Aurora. Au début, le vrombissement des réacteurs, qui fait trembler les vitres chaque fois qu'un avion décolle, le bruit des autobus montant cahin-caha la côte de Hincapié, les aboiements du chien policier qui garde le carré de maïs dans le terrain vague de l'autre côté de la rue (« Cette propriété N'*est* PAS *à vendre »), vous avez cru que toutes ces choses (et l'envie d'être ailleurs) vous rendraient fou. Mais vous vous êtes habitué.*

Vous vous appelez Joaquín Casasola, et les sonorités de votre nom ne vous déplaisent pas. Vous avez vécu des années en Espagne, mais vous avez dû retourner ici. Vous y avez des parents riches et des amis d'enfance, ce qui — pensez-vous, mais vous vous trompez — vous facilitera les choses.

Vous êtes tombé amoureux de votre cousine Elena dont, pourtant, vous venez de faire la connaissance. Il vous semble encore un peu étrange de ne pas la tutoyer ni de la vouvoyer, mais de lui dire vos, *comme on le fait au Guatemala.*

1

Il fut tiré d'un rêve profond et confus — il s'était égaré dans une ville inconnue — par la sonnerie du téléphone sans fil qu'il avait posé sur une pile de livres à côté de son lit. On entendait, au loin, des hélicoptères et des avions qui survolaient la ville. Il se rappela que c'était un jour de fête militaire.

« Bonjour, mon amour ! dit une voix de fausset masculine. Tu es toute seule, je peux te voir ?

— Mongol ! dit Joaquín. Fais pas chier ! Quelle heure est-il ? »

La voix redevint normale.

« Neuf heures passées. Je t'ai réveillé ? J'ai ta commission. Je te rappelle plus tard ?

— Non, non. Je me réveille. Où es-tu ?

— J'arrive de Cobán. Le café est prêt ? »

Il sauta du lit et alla à la cuisine presser des oranges, griller du pain, couper une papaye en tranches et préparer le café.

Armando Fuentes était de Cobán (on dit que

les gens de Cobán mangent et s'en vont), où il était agent dans le trafic de cardamome à destination des marchands arabes ou, en temps de vaches maigres comme à ce moment-là, dans le commerce de haricots rouges et de maïs. Il habitait avec sa femme et ses deux enfants dans les faubourgs du chef-lieu de la province « dans un calme monastique », en dehors de ses aventures avec ses amis de la capitale. Un mois sur deux, il faisait les deux cents kilomètres du voyage. Il retournait à Cobán à la nuit tombée, après avoir fait ses courses (et mangé). Mais quand il était trop fatigué ou avait particulièrement envie de consommer quelque substance illicite ou plus d'alcool que d'habitude, il restait chez Joaquín ou quelque tête à moitié brûlée comme lui.

Par l'interphone, le vigile du parking annonça l'arrivée d'un « monsieur de Cobán ». (C'était un nouveau vigile qui ne connaissait pas encore Armando par son prénom.)

« Bien, laissez-le monter. »

En guise de salut, Armando lui tendit le bout des doigts d'une main très froide, puis il passa devant lui, un sac noir à l'épaule, pour aller dans la salle de séjour. D'un pas pressé et fébrile, il se dirigea vers la chaîne hi-fi, posa le sac par terre et alluma la radio.

« Quelle mouche t'a piqué ? lui demanda Joaquín.

— Tu ne sais pas ce qui vient de m'arriver. »

Il tourna le bouton de la radio pour chercher les infos.

« Quoi ? » lui demanda Joaquín, et il mit la chaîne de sûreté à la porte.

Armando se retourna pour le regarder et passa d'un air angoissé une main sur son visage livide.

« Je n'arrive pas à y croire », dit-il.

La voix du speaker était aiguë et nasillarde. Il parlait d'un pont qui s'était écroulé dans les alentours de la ville. Joaquín dit :

« On le boit ce café ?, il refroidit. » Il s'assit à table et le servit.

Armando resta debout, absorbé dans ses pensées, regardant au loin par une fenêtre. Quand les spots publicitaires commencèrent, il s'éloigna de la fenêtre, baissa le volume de la radio et alla s'asseoir en face de Joaquín.

« Je crois, dit-il, que je viens de tuer un enfant.

— Un enfant ?

— Avenue de Las Américas. » Il leva le verre de jus d'orange, puis le reposa sur la table sans le boire. « Mon Dieu, quel sale coup ! Stupide gamin. »

Les infos reprirent : la liste des gens condamnés à mourir dans le nouveau module à injection létale.

« Comment ? Qu'est-ce qui s'est passé ? » voulut savoir Joaquín. Il croisa ses mains sur la table, surpris de ressentir tout à coup un étrange mépris vis-à-vis de son vieil ami.

L'accident s'était produit à la hauteur d'un restaurant chinois, le Trésor Impérial.

« Près des Glaces Pops, expliqua Armando. Un petit cheval de location. Il a traversé au galop devant moi, tout simplement, sans crier gare. Je n'ai même pas eu le temps de freiner. »

Il conduisait une camionnette Discovery pourvue — Joaquín le savait — d'un pare-chocs spécial, appelé dans le pays « tue-ânes » et très prisé parmi les propriétaires terriens guatémaltèques, car ils avaient été conçus pour protéger leurs véhicules sur les chemins de campagne, où le bétail circule plus ou moins en liberté ; elle avait, en plus, les vitres teintées — également à la mode depuis fort longtemps chez les amateurs de voitures. (Derrière le verre noir, il pouvait y avoir un homme armé.)

D'après Armando, il n'y avait aucune chance que l'enfant eût réchappé à l'accident. Il avait frappé de plein fouet le petit cheval à une vitesse, dit-il, de soixante ou soixante-dix kilomètres à l'heure et avait vu l'enfant voltiger en l'air. Il fit sombrement un signe négatif de la tête quand Joaquín lui demanda s'il n'avait pas eu l'idée de s'arrêter. Joaquín fit une grimace — c'était la réaction typique, le réflexe des conducteurs guatémaltèques : ne jamais s'arrêter afin d'éviter les complications.

« Mais Armando, beaucoup de gens ont dû voir ce qui se passait, une Discovery, ça ne passe pas inaperçu, ils doivent avoir relevé ton immatriculation. Moi, je pense que tu aurais dû t'arrêter. »

Armando fit un signe négatif de la tête. Il se leva et alla chercher le sac à dos qu'il avait posé à côté de la chaîne hi-fi. Il en sortit un petit paquet de papier journal qu'il posa sur la table.

Joaquín l'ouvrit : une demi-livre de marijuana de Cobán.

« C'est pour toi, dit Armando. Avec ça sur toi, tu te serais arrêté, hein ? Pour rien au monde, ajouta-t-il.

— Merci. Assieds-toi. On va prendre le petit déjeuner. Il faut réfléchir calmement. La Discovery a des traces ?

— Pas une seule égratignure. »

Ils burent le café et écoutèrent un moment la radio, le journal de dix heures. Pas la moindre allusion à l'accident.

Joaquín se roula un joint. Après deux ou trois bouffées, il déclara que l'herbe de Cobán était excellente.

« Non, non. » Armando recula sur sa chaise quand Joaquín lui tendit le joint. « Je ne sais pas comment tu peux fumer. »

Joaquín pensa que, lui, il n'avait tué aucun enfant. Il expulsa la fumée et tira une nouvelle bouffée.

« Quoi qu'il arrive, dit-il un moment après, tu ne m'as rien dit, O.K. ?

— Évidemment. Qu'est-ce que je vais faire, mon pote ? » Il mit sa tête entre ses mains et fixa un moment des yeux la surface de la table.

« On va aller faire un tour, dit Joaquín. Reconnaissance des lieux, qu'est-ce que tu en dis ? Je m'habille tout de suite. »

Il se leva et entra dans la salle de bains. Tout en se douchant, il réussit à entendre la voix d'Armando : il parlait dans son portable. Il se dit que c'était sans doute avec sa femme. Puis il lui sembla qu'il parlait avec l'un de ses employés. Il ferma le robinet pour écouter. Armando donnait des ordres à son homme de confiance : il devait déclarer le vol (illusoire) de la camionnette, qui avait disparu, la veille, à Cobán.

« C'est tout ce que tu leur dis, disait Armando. On vient juste de s'apercevoir du vol. Un point, c'est tout. »

Quand Joaquín sortit de la salle de bains, Armando écoutait une autre émission de radio.

« Rien ? Eh bien, tant mieux », dit Joaquín. À moitié habillé, il se séchait les oreilles. Il prit la vaisselle pour la mettre dans l'évier. « Moi, je songerais peut-être à me présenter à la police », dit-il. Puis il mit la marijuana dans un sachet de plastique qu'il rangea dans un tiroir de son bureau.

Tandis que Joaquín finissait de s'habiller, Armando fit rapidement la vaisselle.

Ils prirent l'ascenseur jusqu'au sous-sol, où Armando avait garé la Discovery.

On ne voyait pas le vigile du parking. Joaquín alla examiner le pare-chocs de la camionnette. Il n'y avait pas la moindre trace de coup sur les bananes de métal, pas la moindre égratignure sur la resplendissante peinture des ailes ou le capot du moteur. Il se baissa pour regarder sous le châssis et n'y découvrit aucune trace de l'accident.

Il se redressa en se nettoyant les mains.

« Tu ne te fous pas de moi ? On ne voit rien du tout. » Ils montèrent dans la Cavalier de Joaquín. « Ducon, tu racontes des craques, n'est-ce pas ? Tu me mènes en bateau. »

Armando éclata de rire — c'est tout ce qui lui restait à faire.

2

Ils bifurquèrent avenue de Las Américas et s'engagèrent vers le nord.

« Peut-être qu'il a survécu. Le mieux serait de te présenter à la police, tu ne crois pas ? » demanda Joaquín.

Ils firent demi-tour place du Costa Rica. Sur la voie du sud, où avait eu lieu l'accident, plusieurs voitures, deux patrouilles de police et une ambulance de pompiers, dont le gyrophare tournait, étaient garées des deux côtés de l'avenue. Sur la plate-bande centrale, les gens avaient formé des groupes qui commençaient à se disperser. Armando montra de la tête un trio d'hommes vêtus d'un costume sombre et d'une chemise blanche, qui avaient tout l'air d'être des agents secrets ou des gardes du corps.

« Va savoir, dit Joaquín, si ce n'était pas le fils de quelque grosse légume. »

Ils tournèrent dans une rue latérale et se garèrent à proximité des Glaces Pops.

« Une glace ? » suggéra Joaquín en posant le pied par terre. Armando répondit : « Non, merci. »

Une escadrille d'avions militaires sillonnait le ciel au-dessus des colonnes de cumulus gris traînés par le vent humide du sud qui projetaient des ombres sur les jardins bondés de familles, dont les enfants criaient et couraient.

Tout en léchant son cornet de glace au citron, Joaquín remonta avec Armando l'avenue par le trottoir en se dirigeant vers les patrouilles. Des policiers munis de sifflets et portant des gilets fluorescents essayaient de rendre la circulation plus fluide. Joaquín et Armando traversèrent l'avenue entre les voitures qui faisaient quasiment du sur-place, pour continuer à marcher le long du jardin central.

Près de la piste que se partageaient chevaux, petites motos et voiturettes tirées par des chèvres, entouré d'un groupe de petits garçons et de petites filles, gisait un petit cheval moucheté, maigre, qui avait encore ses rênes et son petit harnais texan avec un tapis de grosse toile. Des essaims de mouches s'agitaient dans l'orbite de l'œil visible, autour de ses oreilles, dans son ventre ouvert et dans son anus plein d'excréments dorés.

Une femme âgée et très grosse descendit d'un minibus Mitsubishi qui portait l'écusson de la Société protectrice des animaux et, avant même que son corps volumineux eût touché terre, elle se mit à crier : « Où est celui qui s'occupe du petit cheval ? »

Joaquín se débarrassa de son cornet qui commençait à fondre. Celui-ci tomba à côté d'un paquet de pétards qui sentait encore la poudre brûlée. Dans son imagination, Joaquín se revit, un instant, enfant, en train de livrer quelque bataille. Il regarda sans réagir la douille d'une balle incrustée dans la boue molle et rougeâtre : c'était quelque chose de banal.

« On s'en va, d'accord ?

— Une seconde », dit Armando, et il s'éloigna de Joaquín pour se diriger vers une cabine téléphonique située quelques mètres plus haut. À côté, il y avait un homme grand et maigre déguisé en shérif texan. Il discutait avec une femme (très séduisante, pensa Joaquín) au visage baigné de larmes, vêtue de rouge, et avec deux agents de police. Après avoir feint de téléphoner, Armando rejoignit Joaquín.

« Ils ont arrêté le jeune palefrenier responsable du cheval, dit Armando alors qu'ils rebroussaient chemin vers la voiture de Joaquín. Ce vieux qui est déguisé, c'est le patron de l'écurie. Je crois qu'ils savent que c'était une Discovery.

— Le pauvre ! dit Joaquín. Je parle du petit palefrenier.

— C'est sa faute. Un idiot, dit Armando. Pauvre gosse !

— Bon, dit Joaquín. C'est plutôt une belle mort, n'est-ce pas ? Il est mort à cheval. Que demander de plus ? »

Armando sourit.

« Sans doute, dit-il. Mais sans rire, parlons sérieusement, je suis très ennuyé. Je ne sais vraiment pas ce que je vais faire.

— Comment tu vas te débarrasser de ton engin ?

— Ça te gêne si je le laisse dans ton box jusqu'à ce soir ? Entre-temps, je ne veux pas t'embêter. Tu as sûrement des choses à faire. »

Joaquín sourit.

« Pas grand-chose, en fait. Je déjeune chez Elena, comme tous les vendredis, et, dans la soirée, j'ai rendez-vous avec elle. Mais on peut combiner quelque chose. »

Ils descendirent l'avenue de Las Américas vers l'Obélisque et la Reforma.

« Elena ne t'a encore rien donné ? demanda Armando de façon inattendue.

— Elle ne m'a pas encore tout donné, ce qui revient à peu près au même. »

Armando sourit.

Ils continuèrent à rouler en silence.

3

La Reforma.

Paseo de la Reforma.

L'impitoyable réforme qui avait aboli le droit des indigènes guatémaltèques à exploiter leurs terres communales pour en faire des plantations de café était commémorée par le nom de la large avenue sur laquelle ils roulaient — une avenue ouverte, aplanie et pavée par ces mêmes indigènes dont les terres avaient été usurpées par cette réforme.

Alors qu'ils arrivaient rue Montúfar, Armando dit :

« Dépose-moi ici. Je vais réfléchir un peu. À quelle heure on peut se voir ? »

Joaquín arrêta la Cavalier sur la contre-allée.

« Appelle-moi vers six heures. Si tu ne me trouves pas à l'appartement, essaie le portable.

— Pour l'herbe, c'est mille pesos, dit Armando en descendant. Quand tu pourras. »

Il referma doucement la portière, et se pencha vers la vitre pour faire à Joaquín le salut américain souhaitant bonne chance, les deux pouces relevés.

Il bifurqua à la Douzième Rue pour se diriger vers les tours Gemini 2 (orgueilleuse copie guatémaltèque des Twin Towers de New York), où un terrible avocat, ancien camarade d'école, avait installé son bureau.

Il prit l'ascenseur (où, quelques années auparavant, le directeur d'une compagnie financière frauduleuse avait assassiné un associé qui posait problème) et commença à se remémorer divers souvenirs. Le célèbre professionnel à qui il allait rendre visite dans son cabinet situé dans le *penthouse* (les puristes avaient beau dire, ce n'était pas un attique) de la tour Gemini 2, Franco Vallina, avait été un enfant fourbe qui ramassait de l'argent parmi ses camarades naïfs pour payer les uniformes d'une équipe (fantôme) de football ; qui se faisait payer ses services pour protéger les élèves malingres dans l'autobus scolaire. C'était un garçon très habile et, pour une somme fort modique, il avait acheté les sujets des examens de fin d'année, à un professeur qui avait des problèmes financiers, pour les revendre à un groupe d'étudiants qui avaient des problèmes scolaires en faisant des bénéfices colossaux. Qui… à trente ans, avait déjà amassé une petite fortune et jouissait d'une grande popularité parmi ses amis millionnaires. Ces derniers avaient une authentique passion pour les risques. S'enrichir rapidement, ou continuer à s'enrichir, dans un pays comme le Guatemala, cela allait de la fraude fiscale et du trafic d'influence à la traite des enfants et au commerce des substances illicites. Maintenant qu'il avait atteint les sommets de la vie sociale guatémaltèque, il collectionnait les voitures de sport, et s'était pris de passion pour l'aviation (il possédait un petit avion Bonanza et un hélicoptère Écureuil) et les belles femmes. Des passions qui lui revenaient très, très cher.

Son bureau était spacieux et resplendissant, bien que le décor fût plus austère qu'ostentatoire. Sa secrétaire, une quinquagénaire très sérieuse, droite et digne, avait une coiffure en choucroute, comme c'était la mode trente ans auparavant. Il était évident que le sale boulot qui se faisait là, ce n'était pas cette femme qui l'exécutait.

Franco (son seul prénom) Vallina tendit, comme à son corps défendant, une petite main pâle et très soignée à Armando. Mais ce fut avec un large sourire qu'il dit :

« Quel plaisir de te voir ! Quel bon vent t'amène par ici ? »

Armando s'aperçut qu'il avait perdu pas mal de cheveux depuis la dernière fois qu'il lui avait rendu visite, deux ans auparavant, quand il était venu lui demander un petit service (au sujet de l'un de ses employés, arrêté par les gardes forestiers avec un chargement illégal de bois que, moyennant un ou deux coups de téléphone, l'avocat avait fait remettre en liberté) — service que, Armando s'en souvint, il avait pu payer magnifiquement, car il avait eu la possibilité de charger son vieil ami de l'exécution d'un contrat de plusieurs millions pour une concession caféière. Comme toujours, Armando se fit cette réflexion à propos de l'avocat : ses yeux gris rappelaient ceux d'un grand poisson. Il était immunisé contre les problèmes de conscience, chose enviable et indispensable pour tout avocat ambitieux qui veut se frayer un chemin au Guatemala. *Avocangsters*, appelait-on ici les avocats de son genre.

Il invita Armando à s'asseoir dans un fauteuil de cuir.

Tandis que celui-ci se laissait choir et s'enfonçait plus qu'il ne l'aurait imaginé dans son fauteuil, il lui dit :

« Quel dommage que tu n'aies pas encore été nommé ministre, Franquín !

— Dans quel guêpier tu t'es fourré pour dire une chose pareille ? » De sa main droite, il tira vers le bas ses moustaches mexicaines. « Voyons voir. »

4

Il prit le téléphone pour parler avec sa secrétaire.

« Appelez Infotrafic et faites tout votre possible pour vérifier ce qui s'est passé lors d'un accident survenu ce matin, vers neuf heures et demie, avenue de Las Américas. Est-ce qu'ils ont relevé l'immatriculation ou d'autres informations. Oui, tout de suite. »

Il raccrocha, passa sa petite main sur sa tête.

« Je deviens chauve, dit-il avec un sourire en coin. Tu veux que je te dise ce que je pense ?

— C'est pour ça que je suis venu te voir.

— Le mieux serait que tu retournes immédiatement à Cobán.

— Oui, mais… » Armando eut l'impression fugace que l'avocat lui donnait un mauvais conseil, qu'il allait le fourrer dans quelque guêpier dont il aurait le plus grand mal à sortir.

« Oui, mais quoi ? Laisse la tire où elle est. Un café, un verre de quelque chose ? En attendant qu'Alma nous apporte davantage d'éléments. Je viens de te le dire, à ta place je retournerais chez moi. Ici, tu cours vraiment le risque de passer un sale quart d'heure, risque qui t'est épargné si tu es loin.

— Et Joaquín, alors ?

— Il ne sait rien, il ne lui arrivera rien. Comment pensais-tu te débarrasser de la camionnette ?

— Je voulais l'abandonner dans les parages, je suppose.

— C'est trop tard, maintenant ! »

Alma frappa à la porte et Me Vallina la fit entrer. Sur le pas de la porte, lisant dans un petit bloc-notes, la secrétaire commença à réciter les informations obtenues.

La police possédait la description du véhicule concerné, et deux numéros (hypothétiques) d'immatriculation.

Rosalío Cuj, le responsable du petit cheval accidenté, avait été arrêté pour « négligence criminelle » (bien qu'il n'eût que quinze ans, fit remarquer la femme) et était interrogé sur ordre du tribunal des mineurs.

La famille de l'enfant avait engagé un détective privé pour retrouver la piste du véhicule en fuite.

« Merci, Almita, dit Vallina, et la secrétaire se retira.

— Pars pour Cobán. Ne fais pas l'idiot. Dis

à Joaquín de m'appeler, à moins que tu ne veuilles que je l'appelle moi-même. Ils ne vont pas tarder à localiser la camionnette. »

Rongé de remords parce qu'il causait des problèmes à son ami, Armando prit un taxi pour aller à la gare routière de La Monja Blanca, d'où partait la ligne d'autobus pour Cobán. Pris dans les embouteillages de cette mi-journée caniculaire, le taxi roulait lentement vers le centre-ville et, à chaque angle de rue, une bande de gosses s'approchait pour proposer des roses, des chewing-gums, des lacets de chaussures, pour nettoyer les pare-brise ou simplement demander une pièce.

Tout comme l'avocat, Armando pensait que, de toute façon, il n'arriverait rien à Joaquín. Il en avait la conviction. Il en avait vraiment la conviction, bordel de merde !

5

Silvestre était un petit orphelin belge que Dieu ou le hasard avait emmené au Guatemala. Sa maison, à deux étages, se trouvait dans le quartier résidentiel Las Conchas, dans le sud privilégié de la ville. Elle se dressait au milieu d'un petit jardin où vivait Bingo, un berger allemand. Silvestre aimait monter à cheval et nager à la piscine du club Cabaña del Camino Real. Il détestait l'école, les pages de punition et les consultations chez l'orthopédiste.

À condition qu'il « se tînt correctement », tous les deux jours, doña Ileana, sa mère adoptive, l'emmenait, ou l'envoyait avec un homme qui était toujours armé et faisait office de chauffeur, monter à cheval avenue de Las Américas. Mais lorsque le dernier Noël arriva — et, avec lui, une bicyclette que Silvestre n'avait pas commandée —, les promenades équestres furent supprimées.

Dans sa dernière lettre aux Rois mages, Silvestre avait écrit qu'il voulait un cheval. Monter à cheval — imaginer qu'il était un chevalier, un Tartare, un chasseur de buffles ou de scalps dans le Far West américain tout en chevauchant dans le petit bois de jeunes pins ou de vieux hévéas sur la plate-bande centrale de l'avenue de Las Américas — était ce qui le faisait rêver le plus.

Je ne dois pas laisser traîner dans la rue la bicyclette... copiait Silvestre pour la cinquantième fois, tandis que doña Ileana s'amusait à une soirée d'anniversaire. Il devait recopier cent fois cette litanie avant le lever du jour, s'il voulait que le lendemain, jour de l'Armée et, par conséquent, de fête, sa mère l'emmenât monter à cheval avenue de Las Américas. Bingo aboya deux fois. La serrure de la porte de l'arrière-cour, où on lavait et repassait, et qui permettait d'accéder à la chambre de Ricarda, la bonne, grinça. Elle avait laissé entrer quelqu'un, en conclut Silvestre qui continua à copier ses lignes : ... *la bicyclette que maman a eu la gentillesse d'acheter, fruit du travail et de la sueur de son front, pour me l'offrir à Noël...*

Quand il eut fini ses lignes, sur une autre feuille de papier, mécaniquement, comme entre deux rêves, Silvestre écrivit en français des mots dont la signification lui échappait : *Je t'ai racheté et choisi à dessein… Sans que je ne sois souillé de la souillure du suspect…*

Sans faire de bruit, il descendit de sa chambre jusqu'au rez-de-chaussée et alla se cacher dans la buanderie pour espionner la bonne, avec qui il ne s'entendait pas. Caché sous la planche à repasser, il se prit les pieds dans un fil électrique. La planche tomba bruyamment par terre. Un instant plus tard, Ricarda et l'homme armé firent irruption dans la pièce.

« Silvestre », dit l'homme, et l'enfant pensa qu'ils voulaient le tuer.

Parce qu'il les avait entendus parler de faire du mal à son père.

Faustino Barrondo était le père adoptif de Silvestre, et même s'ils ne parlaient pas la même langue, il était pour Silvestre l'incarnation du bienfaiteur et du protecteur. Il y avait très longtemps qu'il ne le voyait plus. Que lui était-il arrivé ?

« Je ne comprends pas. Je ne sais pas parler espagnol. »

L'homme le saisit violemment par un bras.

« C'est vrai, dit Ricarda. C'est un petit Français. Mais il apprend vite. »

L'homme le laissa tomber, et se tournant vers Ricarda, dit : « Je m'en occupe. » Silvestre sortit en courant de la pièce et monta dans sa chambre à coucher.

« Ils vont me tuer », se dit-il avant de s'endormir.

Il fit un cauchemar. Il était de nouveau de l'autre côté de l'océan. Une maison aux toits pointus. Par un trou percé dans un mur de sa chambre, quelqu'un l'observait. S'en rendant compte, il s'était approché peu à peu du mur en se traînant pour éviter qu'on ne le vît. Le mieux serait de ne pas se réveiller de nouveau, pensait-il dans son sommeil. Il ne voulait pas aller à l'école où personne ne parlait ni ne comprenait sa langue. On se moquait de lui. Et maintenant, on voulait le tuer.

Mais la voix de doña Ileana le réveilla.

Il comprit qu'il était déjà tard en voyant les rayons de soleil dans la chambre, et se rappela qu'il n'irait pas à l'école, parce que c'était jour de fête. La veille, il avait terminé ses lignes, si bien que doña Ileana allait devoir tenir sa promesse arrachée à force de pleurnicheries et de bonne conduite de l'emmener monter à cheval avenue de Las Américas.

On entendait rugir les avions et les hélicoptères qui survolaient la capitale.

« C'est quoi ce bruit ? demanda l'enfant.

— Des avions, Silvestre. »

Un coup de canon retentit du côté de la garde d'honneur.

« Et ça ?

— Les canons », lui répondit doña Ileana.

C'est la guerre, pensa Silvestre, tandis que d'innombrables petites balles d'eau tiède lui criblaient le dos. Il allait devoir venger la mort de son vrai père, celui qui était de l'autre côté de l'océan, l'inconnu. Des ennemis à la langue étrange le retenaient prisonnier. Ils voulaient lui arracher un secret. Ils n'y parviendraient pas. Parce que pas même lui, se disait-il en se savonnant les orteils, ne savait quel était ce secret qu'ils voulaient lui arracher.

« Allons, Silvestre, dit doña Ileana. Dépêche-toi. Je dois partir travailler. »

Le chauffeur, son ennemi, avait fait démarrer la voiture.

« Silvestre, on part, bon sang ! » cria doña Ileana.

Au-dessus de l'avenue de Las Américas, une escadrille d'avions de chasse sillonnait le ciel en laissant de la fumée blanche dans son sillage. Loopings. Piqués. Vrilles.

Ils se garèrent sur un côté de la place San Martin et le chauffeur accompagna Silvestre faire la queue pour monter à cheval. Doña Ileana resta dans la Trooper, écoutant de la musique et parlant dans son portable.

Le chauffeur était un dangereux ennemi.

Mais, en fait, ils l'étaient tous. Il allait devoir les éliminer, pensait Silvestre, il ne devait pas en rester un seul dans toute la ville. En laisserait-il un seul vivant qu'il ne serait pas à l'abri.

Il monta, comme toujours, un petit cheval moucheté, son préféré. Les rênes à la main, bien calé sur les étriers avec ses talons plats, penché en avant, il fustigea sa monture et commença à galoper. Le garçon, qui s'occupait du petit cheval et qui courait à côté de lui, reçut soudain un coup de rêne en plein visage et Silvestre frissonna de plaisir en entendant le cuir claquer sur un nouveau visage ennemi.

Regarde cet enfant qui est devant toi sur une moto (de location). Sus à l'ennemi ! Il ne doit pas en rester un seul. Tu vas le scalper. Pour ta collection. Regarde cet autre : il fuit à cheval, mais le Moucheté est plus rapide. Tu l'as déjà rattrapé. Maintenant, frappe-le.

« Mamie ! » cria l'enfant en éclatant en sanglots. « Le garçon au petit cheval moucheté il m'a dépassé et il m'a frappé. »

Silvestre l'ignora. Au tour suivant, il allait devoir sortir sa sarbacane.

Prête. Vise la nuque de ce petit gros à bicyclette. Parfait !

Là, il y en a un autre. C'est un enfant de la rue. Un scalp de plus. Mais regarde, celui-ci, tu le connais, on l'appelle la Sangsue. C'est un ami, l'un de tes rares amis. Fiche-lui la paix.

Le petit cheval moucheté fit un virage inattendu. Un homme était sorti de derrière un hévéa. Une explosion, une rafale de pétards, ou de balles ? Un crissement de pneus. Un coup de klaxon. *Crac !*

6

Un déjeuner de famille guatémaltèque. Une famille enrichie à la sueur de son front (et quelques gouttes de sang) mais il y avait fort longtemps. Cette famille ne vivait pas du crime, mais de ses rentes.

Les déjeuners de famille chez Elena, où convergeaient d'ordinaire trois générations de Casasola, étaient bruyants et abondamment arrosés de vin. Le volume des voix augmentait progressivement pour céder tout à la fin la place à des criailleries joviales ou tragiques, selon les états d'âme ou l'état des choses.

Parfois, au cours de ces réunions, le père d'Elena, don Gregorio, aimait mortifier son épouse, doña Rita, ou tel ou tel autre de ses commensaux — par simple ennui ou pour solder un règlement de comptes émotionnel minuscule et compliqué. Les Guatémaltèques sont le résultat d'un mélange de deux (ou trois) peuples, dans lequel les éléments négatifs de chacun se combinent pour exclure leurs vertus, disait-il, si c'était doña Rita qu'il voulait importuner. Ou : La femme qui boit et qui fume va droit au lit, si sa cible était Inés, grande buveuse et fumeuse, et mère célibataire de deux enfants de pères différents. Ce jour-là, il s'en était pris à Elena, qui venait de dire qu'elle ne comprenait pas comment on pouvait, au Guatemala, encore fêter cette armée criminelle et sanguinaire. Plus qu'un prétexte à célébrations, l'histoire militaire du Guatemala lui semblait un motif de honte. Pourquoi ne fêtait-on pas non plus le jour du guérillero ?

« Bien, dit don Gregorio. Ce que veut surtout le peuple, c'est savoir où il se trouve. Et il semblerait que les gens ne se trouvent pas si mal sous la botte. Ils s'y sont habitués après tant de temps. »

Elena — la dernière descendante d'un aventurier espagnol transplanté en terre américaine quatre siècles auparavant — se redressa sur sa chaise pour protester. C'était la première journaliste de cette famille nombreuse et encore puissante — le fruit imprévisible d'un Progrès auquel ses ancêtres n'avaient jamais voulu croire.

« Tout ça, dit-elle, est en train de changer.

— Sans doute, répliqua ironiquement don Gregorio. Grâce à tes amis de la presse. »

Dans l'intervalle qui séparait les plats de

résistance des desserts, don Gregorio alluma, selon les habitudes de la maison, le téléviseur, et la famille se tut un moment pour écouter les informations « de la concurrence », comme don Gregorio appelait la télévision depuis que sa plus jeune fille se consacrait au journalisme écrit. Elena dit que la façon dont les journaux télévisés exploitaient chaque détail de l'installation et de la mise en marche d'un nouveau module à injection létale la déprimait. Puis Inés dit, au sujet de l'enfant renversé dans la matinée avenue de Las Américas, qu'elle espérait que la police arrêterait le conducteur. Qu'il ne se fût pas arrêté, surtout s'agissant d'un enfant, lui paraissait impardonnable. Don Gregorio dit qu'elle avait sans doute raison, mais qu'il aurait peut-être pris, lui aussi, la fuite, vu l'état des choses, s'arrêter dans de telles circonstances, avec la foule autour, comme celle qui devait s'agglutiner sur l'avenue de Las Américas par un jour de fête tel que celui-là, c'était s'exposer au lynchage. La nouvelle impressionna doña Rita. L'enfant Silvestre Barrondo avait été admis à l'Hôpital militaire et était à l'article de la mort.

« C'est bizarre, mais ce nom me dit quelque chose, dit-elle, et elle regarda Joaquín par-dessus sa compote de pêches. Eduardo, ce n'est pas un petit copain à toi ? » demanda-t-elle ensuite à l'un de ses petits-fils qui, sans arrêter de manger et sans lever les yeux, fit un signe négatif de la tête.

M. Casasola se mit à interroger Joaquín au sujet de ses activités universitaires (une fiction).

Elena intervint :

« Laisse-le tranquille. Nous avons mangé en paix, pourquoi veux-tu verser de l'huile sur le feu ?

— Tu as raison, lui répondit son père. Qu'il mène sa vie comme bon lui semble. »

Et cette fois, il ne se répandit pas à loisir en prédisant à son neveu une vie gâchée par ses mauvaises amitiés, ses habitudes douteuses, son irrégularité, ses théories corrosives, sa paresse sans pareille et son total manque d'intérêt pour quoi que ce soit, y compris pour les affaires de la famille — mais il changea de sujet pour se mettre à discuter de la façon dont on fêterait le soixante-dixième anniversaire de doña Rita. Si bien que les Casasola commencèrent à parler de leurs plats et boissons préférés, des groupes musicaux qui pourraient être engagés pour égayer la fête, des parents qui seraient invités et de ceux qui ne le seraient pas.

Puis Elena demanda :

« Papy, la nouvelle masseuse, celle que je t'ai recommandée, comment elle est ?

— Parfaite. Mais ta maman est un peu jalouse. »

Doña Rita répliqua :

« Purs mensonges.

— Toujours est-il, dit M. Casasola en faisant un geste obscène, que c'est une merveille.

— Arrête, papa ! s'écria Inés. Il y a des enfants à table.

— C'est comme ça que se font les enfants. Il n'y a pas à s'en scandaliser. Nous sommes déjà dans la modernité, dit-il avec un sourire sarcastique. Nous arrivons déjà à l'an deux mille.

— Ne lui donnez plus de vin, dit tout bas Joaquín, ça ne lui réussit pas.

— Oui, dit Elena. Et, s'il vous plaît, changeons encore une fois de sujet.

— Ta cousine conduit trop vite, dit alors don Gregorio à Joaquín. On sait fort bien qu'elle doit voler après les nouvelles, mais… C'est un danger public. Moi, je voudrais qu'elle ait un chauffeur. »

Elena rit. Sa Sky Lark, dit-elle, ne volait pas, elle ne courait pas non plus : elle se traînait plutôt.

Joaquín se leva de table pour téléphoner à Armando. Il fit le numéro de son portable, mais celui-ci ne répondit pas. Un message enregistré lui annonça que l'abonné n'était pas disponible et l'invita à utiliser les services d'Unicel.

En se dirigeant vers son appartement, Joaquín s'arrêta à une épicerie et, pensant à son hôte de Cobán, il acheta double part de nourriture et une bouteille de rhum.

7

« Là-haut, dans le hall, il y a un monsieur qui veut vous voir », lui dit le vigile en faction devant la porte de la guérite du parking souterrain.

Joaquín sentit un minuscule pincement de peur.

« Il vous a dit pourquoi ?

— Il dit que c'était pour cette petite camionnette, répondit-il en montrant d'un signe de la tête la Discovery. On lui a dit qu'elle était à vendre. Je lui ai expliqué qu'elle n'était pas à vous. Il a dit qu'il allait vous attendre un moment. Je crois qu'il est encore là.

— Et le gars de Cobán, il n'est pas revenu ?

— Je ne crois pas. »

Joaquín alla se garer à côté de la Discovery et prit l'ascenseur jusqu'à son étage. En entrant dans l'appartement, il sentit une odeur de marijuana brûlée qui flottait encore dans l'air. L'interphone se mit à sonner. Avant de répondre, il alla à son bureau. Il y avait quatre messages sur le répondeur. Il le mit en marche, tandis que la sonnerie de l'interphone faisait une pause et recommençait à sonner. Il écouta le message d'Armando, adressé un peu après midi, probablement de Cobán. (Ça, c'est bien la meilleure ! pensa Joaquín, irrité.) Un ami lui envoyait le bonjour de Madrid. Nouveau message d'Armando, la voix grave, comme éteinte. Il devait, de toute urgence, parler avec Joaquín, pour s'expliquer. Pouvait-il l'appeler tout de suite dans les bureaux de son exploitation à Cobán ? Il y passerait tout l'après-midi à attendre son coup de téléphone. Ensuite Elena, qui était déjà au journal. Elle serait libre pour dîner avec lui. Puis elle voulait aller fêter l'anniversaire d'un collègue journaliste dans un bar du centre.

Hagard, il alla répondre à l'interphone.

« Bonjour, don Joaquín. Je suis avec un monsieur intéressé par l'achat de la Discovery qui se trouve dans votre box. Il désire vous parler.

— Dites-lui, s'il vous plaît, qu'elle n'est pas à moi et qu'elle n'est pas à vendre. »

Il entendit le gardien répéter ses mots, puis :

« Le monsieur demande s'il peut monter vous parler un instant.

— Non, je regrette, dit Joaquín. Demandez-lui de m'excuser, je suis très occupé, je dois ressortir tout de suite.

— Il dit que ce sera juste un instant, que c'est urgent.

— Dites-lui que je regrette. »

Il raccrocha, et regarda longuement l'appareil, sûr qu'il sonnerait encore une fois — ce qu'il fit. À ce même instant, ses pensées s'envolèrent très loin devant lui.

Il regarda par la fenêtre les fabuleuses formations de nuages à l'horizon le plus éloigné. L'enchaînement des pensées qu'il tentait de mettre en ordre était arrivé à son terme : « Tu dois te tirer d'ici. »

Il alla voir quelle heure il était sur un réveil de voyage qui était resté enseveli sous quelques livres à moitié lus et posés sur le dessus rustique de son bureau. Il était à peine trois heures. Une fois dans la rue, il se dit qu'il appellerait Elena sur son portable ; elle goûtait, dans l'après-midi, avec quelques amies de son club de tennis. Pourraient-ils se retrouver vers six heures ? Pourrait-elle venir le prendre au complexe cinématographique Magic Place ?

Décidé à passer deux ou trois jours hors de chez lui, il mit dans un sac de sport deux vêtements de rechange et sa trousse de toilette. Il allait jeter l'herbe qu'il venait d'acheter dans la cuvette des waters, quand le téléphone se mit à sonner. Il ne voulait pas répondre, puis il entendit la voix d'Armando dans le répondeur.

« Tout va bien se terminer. Je t'explique. La Discovery n'est pas à mon nom. Elle est au nom de l'un de mes employés, un homme de confiance. Pedro Ramirez, d'accord ? Aussi mon nom n'apparaît pas, ça ferait vraiment mauvais effet. Pas de problème avec l'assurance, et ça c'est très important. J'ai déjà parlé avec un avocat, Franco Vallina, O. K. ? Il va nous conseiller. C'est lui qui m'a donné l'idée de Pedro, pour m'épargner démarches et ennuis. Oui, et il m'a dit ce qu'il fallait raconter. Pedro va s'enrichir avec cette plaisanterie. Voici l'histoire : Pedro a pris la Discovery, tôt dans la matinée, moi je n'étais pas au courant. Pensant qu'on l'avait volée, j'ai porté plainte. C'est lui qui a eu l'accident, il a pris peur et est allé la mettre dans ton box, qu'il connaissait par moi, qu'est-ce que tu en dis ? Toi, tu es innocent. Si tu veux, tu peux, vois-tu, venir te réfugier avec nous, ici à Cobán, personne ne va t'arrêter.

— Grand fils de pute, lui dit Joaquín, qu'est-ce que tu fais à Cobán ? En ce moment même, un indic est en bas. Il s'est débrouillé pour savoir que la Discovery était ici. Il prétend qu'on lui a dit qu'elle était à vendre et il veut l'acheter. Tu es une vraie tantouze. Qu'est-ce que je vais faire, d'après toi ?

— Du calme, tout est réglé. Tu dis que tu n'es

au courant de rien du tout. Note le numéro de Franco, tu vas en avoir besoin. Il m'a dit que tu pouvais l'appeler en cas de besoin. »

Joaquín raccrocha. Il ferma son sac et s'apprêta à quitter l'appartement.

8

L'aspect du petit homme qu'il vit en ouvrant la porte le fit sursauter de surprise. Il était petit et mince, au teint basané, incroyablement laid. Il portait un tee-shirt noir et un Levi's délavé. Le premier choc passé, qui éveilla en lui de la répugnance, la réaction de Joaquín fut d'une étrange tendresse. Oreilles énormes, yeux globuleux, dents jaunes et écartées ; cependant, l'ensemble était d'une certaine façon harmonieux.

« Bonjour, don Joaquín, dit-il courtoisement. Emilio Rastelli. J'imagine que vous savez pourquoi je tenais à vous voir. Sa voix était métallique mais bien modulée.

— Vous me confondez avec quelqu'un d'autre, dit Joaquín.

— Les vigiles m'ont déjà expliqué que cette Discovery n'était pas à vous et que vous avez passé presque toute la matinée ici. J'espère que mon insistance ne vous dérange pas trop, mais je crois qu'il serait bon d'éclaircir deux ou trois choses, pour éviter des complications, vous me comprenez.

— Je ne sais pas de quoi vous voulez parler. » Joaquín appuya sur le bouton pour appeler l'ascenseur.

Rastelli porta une main, petite et difforme, à sa poitrine, légèrement creuse, d'un air à la fois énergique et fragile. Il huma plusieurs fois l'air en dirigeant son énorme nez vers la porte de l'appartement de Joaquín. Il pliait nerveusement les doigts d'une main grassouillette en faisant pression contre sa poitrine.

« Ça ne sent pas mauvais ici », dit-il avec un sourire que Joaquín ne sut, d'abord, comment interpréter mais qui, un instant plus tard, l'emplit de crainte : sur le palier, il y avait encore une légère odeur de marijuana. « Pas mauvais du tout. »

Joaquín tourna la tête vers la fenêtre située à côté de l'ascenseur pour cacher son désarroi. Il lui fallait marcher sur des œufs avec Rastelli. Au loin, dans un village de l'autre côté du ravin de Hincapié, on voyait une petite église évangélique, peinte en vert émeraude et surmontée d'une grande croix blanche. Rastelli dit :

« Belle vue, hein ? Regardez ces nuages ! Les avions ne vous gênent pas ?

— Je ne les entends plus.

— Une chance. »

Un vaste front de gros nuages avançait rapidement depuis la côte, et les différents verts des montagnes s'obscurcissaient jusqu'à devenir noirs. Du côté des gorges, on voyait çà et là des avalanches d'ordures et des édredons de fumée de bois qui témoignaient de la présence de fermes pauvres.

Rastelli éloigna son regard de la fenêtre et regarda fixement Joaquín.

« Vous savez, la Discovery bleue qui est dans votre box est sous le coup d'une saisie, don Joaquín. Oui, oui, je vous crois, vous, vous ne savez rien. »

Joaquín réagit :

« Sûrement une erreur. Je connais le propriétaire.

— Je sais. C'est un ami à vous, de Cobán. C'est ce que les gars m'ont dit. Il regarda vers le bas. Cet ami, vous savez où il est ?

— Je n'en suis pas sûr. Je crois que je n'ai pas envie de poursuivre cette conversation.

— Je vois », dit Rastelli. Il toucha son aisselle d'une main, et Joaquín crut entendre un déclic, mais il ne pouvait en être sûr ; toujours est-il qu'il enregistrait peut-être la conversation. « Bon, je vous raconte l'histoire, ajouta Rastelli. Quelqu'un, peut-être votre ami de Cobán, a renversé, ce matin, un enfant avenue de Las Américas avec cette Discovery. » Il sortit une fiche d'une poche et lut les informations qu'il avait recueillies pendant les deux ou trois heures où il avait mené l'enquête. Il avait trouvé des crins de cheval sur le pare-chocs, dit-il, et, sur la partie inférieure du châssis, des traces — il était prêt à le jurer — de sang.

Joaquín pensa que c'était une provocation. Il avait constaté lui-même qu'il ne restait aucun signe de l'accident.

« Je ne sais pas de quoi vous voulez parler, répéta-t-il.

— Il s'agissait d'un enfant de sept ans, ajouta Rastelli en rangeant sa fiche. Comme vous le comprendrez, l'affaire est assez sérieuse. Je vous conseille de prendre un avocat. Si la police vous trouve, elle risque de vous arrêter. Moi, je ne suis pas policier. Je travaille pour la famille de Silvestre. Cette odeur, il huma de nouveau l'air avant d'entrer avec Joaquín dans l'ascenseur, ce ne serait pas de la marijuana ? Oubliez tout ça. Je fais mon travail. Vous m'aidez, je vous aide. Mais bon, n'en parlons plus. D'une autre poche, il sortit une carte de visite. Si vous avez quelque chose à me dire, c'est là que vous me trouverez. Votre ami, pourquoi fuirait-il ? Je sais fort bien que c'est la réaction typique. Il a encore le temps de se présenter à la police. Dites-le-lui, vous lui rendrez un grand service. Et plus vite il le fera, moins ce sera grave. Bien, don Joaquín. Vous avez été très aimable. Vous ne descendez pas ici ? Ah, vous continuez jusqu'au sous-sol.

Méfiez-vous et au revoir. De vos vigiles, je veux dire. » Il sourit et sortit de l'ascenseur. « On ne peut pas faire confiance à ces gens-là. »

Les portes de la cabine se refermèrent, comme d'habitude, très rapidement.

9

L'inspecteur Rastelli, qui se distinguait par sa laideur, le faisait aussi par une intelligence extrêmement aiguë. Il était athée (il en était convaincu), ce qui, selon lui, constituait un clair avantage moral et intellectuel par rapport à la plupart de ses compatriotes, religieux et fanatiques par inclination naturelle. Il ne voyait aucun avenir pour « l'homme », il ne rêvait pas d'un monde pacifique. Il était, cela ne faisait aucun doute, en paix avec lui-même.

Il aimait, par définition, son pays — même si c'était ce que l'on appelle un pays banlieusard —, mais s'il en avait eu le pouvoir, il aurait supprimé (le moins violemment possible) les trois quarts de la population pour le bien général — qui n'avait rien à voir avec les statistiques, « cette superstition », ni avec la démocratie, cette énorme farce.

Il avait, se disait-il en son for intérieur dans ses meilleurs moments, une âme de bête féroce.

Il méprisait la plupart de ses clients, qui étaient des gens riches. Mais il était tolérant. Et les pauvres ne lui inspiraient pas non plus une tendresse démesurée. Pour lui, que les actions des hommes tombent à droite ou à gauche du fil du rasoir éthique relevait surtout de raisons physiologiques.

Par goût — comme tant d'autres policiers avant lui —, il aurait pu devenir médecin ou chercheur en sciences, mais le manque de moyens et le milieu dans lequel il avait grandi en avaient fait un détective.

Rastelli sortit du bureau de Me Vallina satisfait que son instinct ne l'eût pas trompé en lui laissant penser que Joaquín était innocent, qu'il se contentait de couvrir un ami. Il se disait — mais il changerait d'avis à ce sujet — que la mère de l'enfant, après l'élucidation de deux ou trois détails à propos de la Discovery, n'aurait aucun mal à toucher la prime de la compagnie d'assurances (il y avait de fortes chances, pensait Rastelli, que Silvestre mourût), ou à obtenir une compensation pour l'accident. Il descendit au parking, où il avait laissé sa vieille BMW, et se dirigea vers le centre commercial Los Próceres (appelé ainsi en hommage aux héros de la douteuse indépendance nationale), où sa cliente, doña Ileana de Barrondo tenait une boutique de sacs et d'accessoires de cuir pour dames.

À la boutique Sous la Peau, l'éclairage halogène, le décor abstrait, la musique de Frank Sinatra qui fusait d'enceintes cachées derrière des pots de plantes tropicales, tout faisait penser à un magasin de grande ville. Elle sentait le cuir fin (bien verni, mal acquis), le cirage et les parfums de luxe. Mme Ileana, assise à une table de marbre noir au fond de la boutique, faisait des comptes tout en parlant au téléphone. « Non, ma belle ! Comment peux-tu imaginer une chose pareille ? Si je la fais blinder, je vais avancer à la vitesse d'une tortue avec ce moteur qui se traîne ! Les vitres teintées, ça suffit. Tu es folle. À Semuc ? En hélicoptère ? » Impatient, Rastelli ouvrit et referma un coffret de nacre qui était au bord de la table ; doña Ileana le fusilla du regard. « Je ne savais pas que son John avait triomphé à ce point. Jamais je ne l'aurais imaginé », elle rit. « Bien. Bon voyage. À ton retour. »

« Un instant », dit-elle après avoir raccroché. Elle traça deux lignes rouges sous une colonne de chiffres, et leva enfin la tête. « Excusez-moi, inspecteur. Asseyez-vous. Miriam ! » cria-t-elle en direction d'un petit réduit latéral d'où provenaient des bruits de boîtes en carton et un frou-frou de Cellophane.

Miriam, une fille menue au maquillage et à la silhouette de poupée Barbie (couleur maïs) accourut en se déhanchant (pensa Rastelli) d'une manière ultrasexy.

« Oui, doña Ileana. »

Rastelli la salua en s'efforçant de ne pas parcourir son corps des yeux, comme il aurait aimé le faire, des pieds à la tête.

« Un petit café, inspecteur ? demanda doña Ileana, et elle envoya Miriam chercher deux cafés. Et prends ton temps ! » lui recommanda-t-elle au moment où elle sortait de la boutique.

Rastelli demanda à la dame si elle pouvait éteindre la musique, qui le gênait, et elle se leva pour le faire derrière un paravent taïwanais. Elle s'était fait des tresses et avait changé de tenue ; elle était entièrement vêtue de noir et portait des bas noirs. Ce qui, se dit en son for intérieur l'inspecteur, ne la rendait pas moins séduisante. La stéréo éteinte, elle alla jusqu'à la porte et mit la targette.

« C'est mieux comme ça, n'est-ce pas ? demanda-t-elle, et elle reprit place à la table de marbre en face de l'inspecteur.

— Comment va l'enfant ?

— Mieux, merci. Il a repris connaissance. Il semblerait, grâce à Dieu, que ce ne soit pas si grave.

— Très bonne surprise. La radio et la télévision ont dit autre chose.

— Espérons qu'il ne fasse pas de rechute.

— À propos du véhicule, dit Rastelli, tout semble marcher comme sur des roulettes. » Il sourit. « Il est sous le coup d'une saisie et nous avons tous les renseignements sur le propriétaire de la Discovery. J'ai parlé avec l'avocat qui le défend. Il est assuré et, sauf complications, chose que je ne prévois pas, il n'y aura pas de problèmes pour toucher l'argent.

— Très bien. Et au sujet du reste, quoi de neuf, inspecteur ?

10

Le reste.

Comme toujours lorsqu'il devenait nerveux, l'inspecteur plia tellement les doigts de sa main gauche que les ongles effleurèrent son avant-bras.

« Le reste, eh bien voilà », commença-t-il par dire en reculant brusquement sur sa chaise et en laissant tomber ses bras vers le sol. Il haussa un seul sourcil, ce à quoi doña Ileana répondit en battant des paupières.

« Oui ?

— Deux ou trois petites choses, avant de commencer, si vous permettez.

— Bien sûr. » Le visage de la femme prit un air sérieux, voire tragique ; maintenant commençait un autre genre de jeu.

« Votre fils, Silvestre, n'est pas votre fils biologique.

— Non, il ne l'est pas. Mais… ce n'est pas pour vérifier ça que je vous paie.

— Non, bien sûr que non. Mais ce sont des choses qui viennent au jour. Le cadre doit être pour moi, disons, le plus complet et le plus clair possible.

— Voyons, que voulez-vous savoir de plus ?

— Ce n'est pas non plus le fils de votre mari.

— Mon ex-mari. Nous l'avons adopté, inspecteur.

— Vous avez divorcé ? Mais vous gardez votre nom de femme mariée ?

— Pour convenance personnelle.

— De quand date l'adoption ?

— D'un peu plus d'un an.

— Il avait donc six ans.

— Je n'en ai jamais été très sûre. Vous avez vous-même vu l'enfant.

— Il était inconscient. Veuillez m'excuser, madame, mais pouvez-vous me donner la raison de l'adoption ? »

Doña Ileana baissa la tête pour dire :

« Je suis stérile, inspecteur.

— Ah bon ! dit Rastelli, en l'observant. Je suis désolé.

— Ne vous formalisez pas. C'est tout ?

— Encore une chose. D'où vient-il ?

— Voilà une chose qu'il m'est impossible de vous dire, répondit-elle, car je ne le sais pas moimême. C'est Faustino qui s'est occupé de tout. Moi, je n'ai rien voulu savoir. C'est important ?

— On ne sait jamais.

— Eh bien faites une enquête ! »

Miriam était sur le pas de la porte, avec les cafés. Doña Ileana lui fit signe d'attendre un peu, pourtant elle se leva.

« Vous me demandez de faire une enquête sur votre ex-mari ? »

L'ex de doña Ileana était un chef d'entreprise jeune et connu (parce que ambitieux) de la ligne la plus dure. « Du beau linge », pensa Rastelli.

« Non, bien sûr que non, dit-elle en se dirigeant vers la porte. Mais disons que je ne vous l'interdis pas. »

Miriam entra, dit quelque chose à propos de la musique, posa les deux cafés très parfumés sur la table de marbre, fit un clin d'œil à l'inspecteur et pénétra de nouveau dans son petit réduit.

La dame remonta le volume de la musique.

« Je suppose que vous voudrez votre chèque ? »

Rastelli se gratta la tête.

« C'est ce qui était convenu. »

La dame s'assit, sortit son chéquier de la Banque de l'Armée et l'ouvrit parcimonieusement, elle écrivit le nom de Rastelli, un nombre à cinq chiffres et le signa de façon extrêmement élaborée. « C'est la marque, pensa Rastelli, d'un certain manque d'assurance. »

11

L'inspecteur fit lentement tourner sa vieille BMW et sortit de l'étroite contre-allée du distributeur de billets de la Banque de l'Armée tout en se penchant vers le siège du passager de devant pour cacher dans le vide-poches de la portière, où il rangeait aussi une arme à feu, la liasse de billets qu'il venait de compter. Il descendit la Sixième Avenue en direction du boulevard Liberación (commémorant l'échec de la première tentative de gouvernement démocratique dans le pays) pour déboucher sur l'avenue de Hincapié. Il bifurqua vers l'avenue de Las Américas : notre avenue de Las Américas « qui n'a rien à envier à son homonyme new-yorkaise » (*très drôle !*). Pour l'inspecteur, Las Américas étaient également une allusion à la célèbre École des Amériques, en Caroline du Nord, où certains des militaires guatémaltèques les plus sanguinaires de l'histoire récente avaient reçu une formation spéciale concernant les techniques de pénétration de la société civile, le lavage de cerveaux et la torture. L'inspecteur se rappelait que tout le long de cette avenue, dans ce petit bois de cèdres du Liban de la large plate-bande centrale, étaient apparus les premiers cadavres de victimes des opérations de nettoyage politico-social, plus de trente ans auparavant. Il tourna les yeux ; une femme démente, assez jeune, brune et très sale, s'était accroupie près d'un vieux yucca, et elle retroussa sa jupe pour montrer ses fesses et déféquer.

S'approchant des Glaces Pops, il se mit à rouler très lentement, le plus lentement possible sans interrompre la circulation, observant — à droite — la boutique pour mariées appelée Vírgenes, le restaurant Mongolia, un centre commercial venu tout droit des États-Unis et — à gauche — les gens qui se promenaient sur la plate-bande centrale ; les enfants de la rue qui vendaient des chewing-gums, des roses ou mendiaient ; les vendeurs de cocaïne ; les familles, qui se déplaçaient en groupe, les bonnes, dont c'était jour de congé, qui se cachaient derrière les arbres avec leurs amoureux avides ; les vendeurs de ballons ou de barbe à papa, de crécelles, pop-corn, hot dogs, *tamales, enchiladas* et bouillie de maïs en tout genre. L'inspecteur gara sa BMW et éteignit le moteur à quelques mètres de la place de Colombie.

Après le puits d'eau municipal, sur la plate-bande centrale, il y avait un endroit où on louait des petits chevaux.

Ciudad de Guatemala, ville policière.

Pour une raison ou pour une autre, des dizaines de milliers de Guatémaltèques participaient à l'obscur commerce de l'information. N'importe lequel de vos amis ou n'importe laquelle de vos connaissances était ou pouvait être un indic.

Avant d'arriver aux Glaces Pops, il avait déjà repéré une douzaine d'informateurs qui déambulaient dans ces jardins ; sept d'entre eux étaient des enfants de cinq à dix ans. Cette femme qui vendait des savons était peut-être au service de la 2 — la terrible Direction de l'intelligence militaire —, mais il n'en était pas sûr. Outre des informateurs, il y avait plusieurs gardes du corps (souvent agents doubles), bonnes des enfants de leurs chefs, attendant tout près dans des voitures aux vitres teintées.

Le Golden Shower — un enfant cagneux qui avait l'habitude d'uriner sur les serrures des portières de voitures des conducteurs qui ne lui confiaient pas leurs véhicules ou qui refusaient de lui payer le tarif en vigueur — s'approcha de la BMW. Il portait un pantalon de boy-scout deux ou trois fois trop grand pour lui, retenu par une ceinture de sisal nouée autour de la taille, et un tee-shirt râpé et sale Tomy Hilfiger. Il avait les cheveux bruns et hirsutes ; le visage, long et anguleux. Il marchait lentement avec de vieilles chaussures de cuir noir et ne portait pas de chaussettes. Il se pencha vers la vitre de la BMW. Il avait des taches de glace à la fraise autour de la bouche.

« Quoi de neuf ? demanda-t-il.

— C'est la question que je te pose.

— Rien, chef. Juste cette histoire du palefrenier.

— Qui m'as-tu dit avoir tout vu, au juste ?

— La Sangsue. » Il se redressa et tourna la tête pour montrer un petit gamin qui portait une casquette de base-ball et surveillait des voitures de l'autre côté de l'avenue ; il était en train de faire des mouvements de karaté contre les racines aériennes d'un vieil hévéa. « Il est là-bas.

— Je vais lui parler. »

L'inspecteur démarra. Il fit demi-tour place du Costa Rica pour rebrousser chemin par la voie du Nord.

La Sangsue avait raconté au Golden Shower qu'il croyait avoir vu un homme donnant de l'argent à l'un des palefreniers du Jacal, et le Golden avait suggéré que c'était peut-être celui qui s'occupait du petit cheval accidenté. Le mot « croyait » avait retenu l'attention de l'inspecteur.

La Sangsue, un gamin souffrant de malnutrition aux yeux bleu clair et à la peau diaphane et criblée de taches de rousseur, devait être l'un des plus jeunes membres de la vaste confrérie de mouchards guatémaltèques qui, pour la plupart, ne se connaissaient pas entre eux. Il avait tout au plus cinq ans ; il était hyperactif et malicieux.

L'inspecteur lui fit des signes, et l'enfant se mit à courir derrière la BMW qui grimpa jusqu'au parking d'un supermarché de style californien. Ils y entrèrent, l'enfant poussant un caddie, pour ne pas attirer l'attention. Tout en marchant entre les rayons de nourriture et en interrogeant l'enfant, l'inspecteur comparait des prix de légumes, de pâtes, de céréales.

Tout à coup, un homme qui semblait furieux et portait un chapeau blanc à large bord regarda la Sangsue, et celui-ci s'arrêta net, comme s'il cherchait par où s'enfuir. L'homme avança vers l'enfant d'un air menaçant, et la Sangsue se colla contre les jambes de Rastelli.

« Tu vas voir ce que tu vas voir, petit con, dit l'homme. On va te les couper.

— Peut-on savoir ce qui se passe ? demanda le plus poliment possible l'inspecteur.

— Mon vieux, ne vous mêlez pas de ce qui ne vous regarde pas, lui répondit l'autre. Je connais ce salaud. À moi, on ne me la fait pas. » Il montra du doigt la Sangsue. « Tu vas voir ce que tu vas voir.

— Tu as fait quelque chose à ce monsieur ? » demanda l'inspecteur à la Sangsue.

L'enfant fit un signe négatif de la tête.

« Vous, le vieux, mêlez-vous de ce qui vous regarde. C'est une affaire entre lui et moi. »

Rastelli fut bien obligé d'en rire, mais il était inquiet. Cet homme (il suffisait de voir le renflement sous sa chemise) était un dur à cuire ; l'un de ces tueurs à gages qui, par temps de vaches maigres, arrondissaient leur fin de mois avec une ou deux morts supplémentaires.

« Mais, monsieur, dit-il en feignant d'être calme, ne voyez-vous pas que c'est un enfant ? Si, comme vous le dites, il vous a volé quelque chose, portez plainte, appelez la police. Mais… »

L'autre l'interrompit :

« Fermez votre gueule, le vieux. » Et à l'enfant : « Je t'attends à la sortie. »

Il fit demi-tour sur les talons de ses bottes texanes, franchit la file de caisses et poussa violemment une porte de verre pour sortir du supermarché.

« Dis donc, la Sangsue, dit l'inspecteur, et il entraîna l'enfant dans un coin, raconte-moi.

— Cet homme est méchant. Il a un petit jaguar tatoué au poignet. Vous ne l'avez pas vu ?

— Tu lui as volé quelque chose ?

— Non, je vous jure que non.

— Alors ?

— Il était avec celui qui a donné le fric au cavalier.

— Quel cavalier ?

— Celui des petits chevaux.

— Ah bon ! Tu l'as vu ?

— Oui.

— Où lui a-t-il donné l'argent ?

— Là, dit l'enfant en regardant l'avenue. À Puerto Madero, ce restaurant. Je vous jure que je l'ai vu.

— Et tu n'as pas vu ce qu'a fait le gosse avec l'argent ?

— Non, chef, ça je n'ai pas vu.

— Tu sais, ils l'ont embarqué. Et fouillé. Il n'avait pas un centime sur lui. Tu ne l'as pas vu, par hasard, cacher l'argent ? »

Les yeux de l'enfant s'écarquillèrent un instant. Il hocha la tête et répondit : « Non.

— Tu as vu l'accident ? »

La Sangsue acquiesça d'un signe de la tête.

« Et l'enfant qui a été renversé, tu l'as vu ?

— Celui-là, on le connaissait, chef. Il venait d'ailleurs, mais il était très énergique. Des fois, on faisait des matches de foot. Vous voyez ces chaussures, c'est lui qui me les a données. Mais sa maman était toujours en colère. Elle le punissait tout le temps. Il s'échappait de chez lui, là-bas à Las Conchas, et il nous disait que c'était plus gai d'être un enfant de la rue que riche.

— Des conneries, Sangsue, mais bon, tu es sûr que tu n'as pas vu où il a caché l'argent ? »

Soudain l'inspecteur se pencha, saisit d'un bras l'enfant par la taille et le souleva brusquement de terre pour lui arracher l'un de ses souliers — à l'intérieur duquel il avait un petit rouleau de cinq billets de cent quetzales.

« Imbécile ! lui dit l'inspecteur en le reposant à terre. On peut te tuer pour ça, on va peut-être le faire et, malgré toute ma bonne volonté, je ne pourrai pas te défendre. »

Il laissa tomber le petit soulier sale et rendit l'argent au gamin. Il prit dans le caddie une bière fraîche et se dirigea vers la caisse. Il paya et sortit du supermarché. Il regarda autour de lui, chercha des yeux le dur à cuire, mais ne le vit pas. Dans sa voiture, il décapsula la bière et but.

La Sangsue sortit en courant du supermarché et frappa à la vitre de la BMW d'une petite main poisseuse.

« Emmenez-moi, chef, je vous en prie, n'importe où. Je vous en supplie. »

L'inspecteur termina de boire sa bière et, sans tourner les yeux pour regarder la Sangsue, fit un signe négatif de la tête.

12

Joaquín fit le tour du parc de Berlin et se dirigea vers la place de la Cruz. Il se disait qu'il avait, désormais, une raison de plus de se tirer. La vision de la haute et sombre silhouette de Jean-Paul II aux bras tendus lui parut plus sinistre que jamais. Sur l'avenue de Las Américas, les gens continuaient à perdre leur temps, célébrant le jour de l'armée guatémaltèque.

Les familles de promeneurs, la variété des échantillons d'ordures, les pins chétifs, les quiscales noirs qui criaient, tout lui mettait du baume au cœur à l'idée que dans pas longtemps, avec un peu de chance, il en serait très éloigné. Les petits chevaux et les motos de location continuaient à travailler ; une longue file de tout jeunes clients s'allongeait au pied du monument rendant hommage à Simón Bolívar.

Les traces de pas des petits chevaux, les voiturettes tirées par les chèvres et les motos avaient dessiné une piste boueuse dans l'herbe. Joaquín observa, un moment, les traces, mais il eut un léger haut-le-cœur, comme celui qu'on a quand on suit attentivement les lignes d'un système d'écriture que l'on ne comprend pas.

Il s'assit pour se reposer à l'ombre d'un arbre, et son portable se mit alors à sonner.

« Joaquín ? C'est Franco Villana qui te parle. Armando m'a donné ton numéro. Comment ça va ?

— Sans commentaires.

— Bien, bien. Il n'y a pas de quoi en faire un tel fromage. Tu sais où se trouve mon cabinet ? Tu peux y passer ?

— Dans une demi-heure. Je n'ai pas de voiture.

— Non, non. Un peu trop tard pour moi. Demain matin tôt, ça te va ? Alors, d'accord. On ne peut pas faire grand-chose entre-temps. Mais pour éviter tout pépin, mieux vaut que tu n'ailles pas chez toi. Tu y avais pensé ? Ah bon, très bien. Tu as un endroit où aller ? Ne t'en fais pas. Avec de l'argent, ce genre d'histoire s'arrange. »

13

Joaquín avait suivi la lamentable intrigue du film totalement dépourvu d'intérêt. Il avait décidé de quitter le pays, mais il ne voulait pas partir sans Elena. Accepterait-elle de l'accompagner ? Ils pouvaient aller en Espagne. Mais, bien sûr, il y avait encore une certaine distance à franchir — celle qui sépare le terme « ami » du terme « amant » — pour pouvoir lui faire une telle proposition.

Quand les lumières de la salle s'allumèrent, il vit qu'il était seul. Il n'y avait que lui à avoir supporté le film jusqu'au bout. Ressortant dans la lumière aqueuse du crépuscule, il vit Elena, qui lui parut très fragile et très petite à côté de la sombre statue de Darth Vader.

« Qu'est-ce qui se passe ? »

Ils descendirent les marches et montèrent dans la Sky Lark.

« Dis-moi ce qui t'arrive.

— Rien de bon. Le travail.

— Une fois de plus, ton chef ? »

Elle acquiesça en faisant la moue. Joaquín lui avait dit une fois : « Il ne devrait pas diriger un journal, mais une équipe de softball. » Pour élever le débat, Elena paraphrasa Balzac : « Si l'affaire n'était pas à lui, il ne serait pas capable de diriger une équipe de balayeurs municipaux. »

Jorge Raúl Medroso était le directeur-rédacteur en chef-propriétaire-gérant du journal *El Independiente* (*L'Indépendant*). Le dernier héritier d'une famille qui s'était consacrée au journalisme pendant trois générations était devenu une sorte de marquis local de l'information et de l'opinion. Il n'écrivait pas (une femme le faisait à sa place quand c'était absolument indispensable), mais il portait au moins quatre casquettes*. Il se vantait d'être le gardien de but de la gloire et de l'infamie nationales — celui qui laissait ou ne laissait pas passer les articles « but » ; celui qui faisait la réputation d'un auteur, d'un chef d'entreprise, d'un homme politique, ou celui qui les torpillait et les enfonçait. Mais par bonheur, son pouvoir n'allait pas jusque-là.

« On va chez toi ? demanda Elena quand ils furent montés dans la voiture.

* Cette rumeur concernant la signature des éditoriaux d'*El Independiente* venait peut-être d'une affirmation malvenue de Jorge Raúl Medroso lui-même qui, dissertant sur les processus de l'écriture au cours d'un banquet de presse, avait dit, enhardi par un nombre excessif de verres de vin : « Parfois, lorsque j'écris, lorsque j'écris vraiment bien, c'est une femme qui écrit ! »

— Non, chez moi c'est impossible. Une petite inondation. Je t'explique dès qu'on sera assis et qu'on aura commencé à manger. Je ne veux pas te couper l'appétit.

— D'après moi, mieux vaut avoir l'appétit coupé que la digestion. Et pourquoi ce sac ? » demanda-t-elle.

Joaquín l'avait posé entre ses pieds.

« Pour passer la nuit quelque part. »

Ils contournèrent la rotonde de Magic Place et commencèrent à remonter l'avenue de Las Américas. Taco Bell, Burger King, Shell…

« Le film, un navet, bien sûr, dit Joaquín. À chialer.

— Et toi, tu as pleuré, mon biquet ? lui demanda Elena en le regardant avec des yeux amicaux.

— Tellement qu'il ne me reste plus une larme.

Alors qu'ils traversaient la place du Costa Rica, elle ralentit et regarda les deux côtés de la rue.

« Ce matin, il y a eu un accident ici, dit-elle.

— Ah bon ! Qu'est-ce qui s'est passé ? » demanda Joaquín. Il était normal qu'elle le sût puisqu'elle avait passé la journée au journal.

« Un enfant a été renversé.

— Ah ?

— Il était sur l'un de ces petits chevaux de location. Elle tourna les yeux vers le jardin central où les petits chevaux et les motos de location continuaient à se déplacer dans la pénombre. « Ce qui n'a rien d'étonnant. Il n'y a pas de balustrade ; rien, regarde. Un danger. C'est peut-être des sornettes de Jorge, qui est un grand affabulateur, mais le bruit court que c'est le fils ou un parent proche d'un militaire très connu. Et que l'accident a peut-être été provoqué.

— Sérieusement ? Et il le tient de qui ?

— Tu sais bien qu'il n'a pas l'habitude de révéler ses sources. »

Ils s'arrêtèrent au feu de l'Obélisque — triste version d'un obélisque ! — et un enfant menaça de nettoyer les vitres de la Star Lark.

« Non, merci ! s'écria Elena, et elle baissa la vitre pour lui donner un quetzal.

— Tu ne sais pas ? Mais pour quelle raison ?

— Pour quelle raison ? Une vengeance, à mon avis.

— Ah bon ! Ton chef n'a rien dit de plus ?

— Non.

— Quel genre de vengeance, d'après toi ?

— Bof ! Dieu seul le sait. »

Ils se turent jusqu'à ce que l'on appelle la Zone vivante, « le centre de l'élite urbaine », où ils allaient dîner.

« Pourquoi ne dis-tu rien ? »

14

« Tu bois trop vite. »

Joaquín avait bu deux martinis secs en moins de quinze minutes.

« Tu trouves ?

— Tu as pensé où aller dormir ?

— Non. J'allais te proposer quelque chose. On dort ensemble ?

— Seulement par nécessité ! C'est hors de question ! répondit Elena en riant. Mais voyons, ce serait où ? »

Joaquín cita un hôtel (cinq étoiles) situé sur la route du Salvador.

« Je ne dis pas que ce ne soit pas tentant. On va y réfléchir. Je pourrais, au moins, t'y déposer, tu ne crois pas ? »

Joaquín prit un air déçu et continua à manger son assiette de riz noir.

« Elena, partons d'ici, dit-il plus tard. Je t'invite à venir avec moi. À Madrid. La semaine prochaine. Qu'est-ce que tu en dis ? »

Elle le regarda.

« C'est sérieux ? Tu poses la question sérieusement ? » C'était la voix de la crédulité.

« Sérieux.

— Je ne peux pas te répondre immédiatement.

— Bien, dit-il, oppressé par un point presque imperceptible dans la poitrine, tout près du cœur.

— Joaquín, mon amour. Laisse-moi, au moins, deux heures, d'accord ? Ce n'est pas si facile. »

Joaquín vida son cinquième verre.

« Biquet, tu ne vas pas te saouler ?

— Tu vas me déposer à mon hôtel ?

— Non. On va aller faire un tour à El Tiempo. »

15

« Merde alors ! s'écria Joaquín en trébuchant alors qu'il passait la jambe par-dessus la chaîne de sûreté. Je suis pompette.

— Allons, mon biquet. » Elena le prit par le bras. « Viens par ici, et ne tombe pas. »

Le bar El Tiempo. Sur des consoles, des files de réveils, et sur chacun d'eux, une bougie fondue. Fumée emprisonnée entre quatre murs sans fenêtres et musique sentimentale. Rhum ou bière ? Ici, on ne sert rien d'autre. Conversations entrecroisées, différents accents, différentes langues. Musiciens avec leurs derniers CD enregistrés, poètes munis de leurs plaquettes de poèmes, artistes avec leurs cartons à dessins sous le bras (on ne sait jamais), indics, bien sûr, couloirs de pierre et poussière.

Elena joua des coudes pour se frayer un passage avec Joaquín au bras à travers les petits groupes de buveurs vers une pièce latérale.

« Salut, Bigleux ! » s'écria-t-elle en apercevant

un homme au teint clair et aux cheveux prématurément gris.

Elena présenta Joaquín, et le Biscuit les invita à s'asseoir. Ils empruntèrent deux chaises à la table d'à côté, où deux adolescents clôturaient un savant échange de salives.

Elena proposa de porter un toast en l'honneur de son ami, le reporter star d'*El Independiente,* qui fêtait ses vingt-huit ans. Il louchait un peu.

« El Tiempo, dit le Bigleux, cicatrise tout.

— Comment on se sent, lui demanda Elena, quand on est si près de la trentaine ?

— Ne me pose pas la question à moi, répondit le Bigleux, parce que je ne sens rien du tout. » Son haleine aigre d'indigestion et d'alcool parvint jusqu'à Joaquín.

« Je vais devoir me tenir sur mes gardes, pensa Joaquín. Après tout, les journalistes sont une plaie ; comme la mouche à miel, se dit-il en son for intérieur, qui importune et est, en même temps, indispensable. »

« Bon », disait un homme grand et pâle ; qui rappela à Joaquín un personnage secondaire d'une petite histoire de Tintin. Il était debout à deux pas de la table en train de bavarder avec une Espagnole d'une quarantaine d'années.

« Même si quelqu'un ne sait pas à quoi ressemble un jaguar, il peut de toute façon comprendre qu'un lieu est très dangereux s'il en est infesté, n'est-ce pas ?

— Et ici, c'est un endroit dangereux ? » demanda l'Espagnole.

Elena posa une question à brûle-pourpoint :

« Tu sais qui couvre l'accident de l'avenue de Las Américas ? »

Le Bigleux se toucha la poitrine d'un doigt.

« Ma pomme ! répondit-il.

— Et toi, tu penses que ce n'est pas un accident ? » lui demanda Joaquín qui, tout à coup, se sentit sobre.

Le Bigleux fit un signe négatif de la tête. Il regarda le couple d'étrangers qui riait, puis Elena. Il éructa.

La voilà, notre pauvre presse, pensa Joaquín.

« Pardon, c'est la bière, dit-il. J'ai parlé avec le garçon qui s'occupait des chevaux. Il a été embarqué, pour interrogatoire. Je n'en ai pas tiré grand-chose. » Il but une gorgée de bière, regarda de nouveau le couple d'étrangers, et dit à voix basse, comme un conspirateur : « L'enfant est belge, orphelin. Adopté. Il est, apparemment, passé par deux familles d'ici. Le véhicule qui l'a renversé et qui a pris la fuite appartient ou appartenait, semble-t-il, à son ex-beau-père.

— Ah bon ? s'écria Elena, impressionnée. Formidable ! Et comment as-tu su tout ça, mon petit Bigleux ? »

Joaquín observait la scène de loin, en souriant

en son for intérieur et en préparant d'ores et déjà une petite vengeance à cause des morsures de la jalousie infligées, à ce moment-là, par le reporter vedette. Il était évident qu'il était amoureux de sa « chef », comme il l'appelait.

Le Bigleux ajouta en faisant fausse route :

« Et voici le plus bizarre. Des membres de sa famille sont dans le pays. Ils sont venus le chercher. Comme quoi le trafic d'enfants fonctionne aussi dans l'autre sens, n'est-ce pas ? Eh bien oui ! Eux, ils aiment les petits Indiens ; nous, on aime les blondinets. J'ai essayé de les localiser, mais sans succès. C'est tout ce que je sais. Je ne peux plus ni avancer ni reculer », conclut-il.

Elena changea de sujet, et ils burent quelques bières de plus. Le Bigleux finit par prendre congé d'eux en disant que, le lendemain, il devait se lever très tôt.

« Ton ami a bien choisi le jour de sa naissance ! dit Joaquín.

— Quoi ? » Elena plissa le front, puis sourit. « Ah oui !

— Ce qu'il dit du véhicule qui a renversé le cheval, ça ne peut pas être vrai.

— Non ? Et pourquoi ? »

Joaquín dit, mais s'en repentit avant même d'avoir fini :

« C'était un ami.

— Qu'est-ce que tu dis ? » Elena changea d'expression, se raidit.

Tant et si bien que, saoul comme il l'était, Joaquín se trouva dans l'obligation de raconter ce qu'il savait au sujet de l'accident. Elena l'écouta attentivement, puis s'indigna. Joaquín devait convaincre Armando — qu'Elena connaissait à peine — de déclarer la vérité.

« J'ai essayé. Mais c'est trop tard, tu ne crois pas ? Si Pedro, cet employé à lui, est prêt à endosser la responsabilité de l'accident, je suppose que tout va bien se terminer.

— Tu crois vraiment ? lui demanda Elena d'un ton un peu persifleur.

— Qu'est-ce que je dois faire, d'après toi ?

— Ce qui te semble juste. Tu sais combien on va lui donner à ce Pedro ?

— Non. »

Elle fit une grimace :

« Hum… Et qui a eu cette idée ?

— L'avocat.

— Ton avocat ?

— Non. Celui d'Armando.

— Bel avocat ! Qui c'est ?

— Tu veux savoir son nom ? » demanda Joaquín, et il sentit qu'il était sur un terrain glissant. Après tout, Elena *était* la presse. Ce dont Armando et lui avaient le moins besoin, à ce moment-là, était de publicité, même s'il était vrai que pratiquement personne ne lisait la presse au Guatemala (0,7 % de la population), que les journaux n'avaient jamais eu la moindre influence, en effet tout le monde savait qu'ils étaient muselés (même *El Independiente*), et que les lecteurs les lisaient uniquement pour les petites annonces, la mode ou l'agenda des loisirs. Il n'empêche que Joaquín se rendit compte qu'il allait devoir interrompre au plus vite cette conversation.

Elena insista :

« Tu ne veux pas me le dire ?

— Tu vas le dénoncer ?

— Peut-être. »

Sa voix se fit un peu plaintive.

« Et sous quel prétexte ? »

Le verre s'était renversé. Elena se leva.

« Toi et moi, dit-elle, je ne crois pas qu'on soit faits pour s'entendre. »

16

Moi, monsieur, je suis de San José Pinula.

Ici, ce sont les écuries. Oui, tout le monde aime l'odeur, c'est du fumier de cheval. D'après le chef, la race est américaine. Des poneys, mais croisés avec des chevaux espagnols. Ils sont assez rosses, un peu rétifs, mais ni vicieux ni ombrageux.

Je ne pensais pas que vous viendriez. Passez. Je suis vraiment content. Asseyez-vous là, s'il vous plaît. La maison est pauvre, mais respectable. J'ai grandi dans une propriété appelée Los Juncos. Mon père en était le contremaître ; ma mère, une fille de péon.

C'est qu'ici, il y a encore des traditions. Demandez aux gens, mais en confiance, bien sûr. Il y en a des milliers comme moi, fils de contremaîtres, en un lieu où existe encore le droit de cuissage, vous savez. Vous ne me croyez pas, il suffit de demander. Ma chance a été que ma mère n'était pas de celles qui supportaient, et un beau jour elle s'est enfuie avec moi à la capitale.

Chance, c'est une façon de dire. En fait, ce n'est pas une vie.

Je ne peux pas dire que je connaisse la ville, qui est grande. Mais entre l'Obélisque et la place de Berlin, entre Hincapié et Bocadelmonte, où vit le sorcier, je peux faire le trajet les yeux bandés. On passe toute la journée entre le haut et le bas de l'avenue de Las Américas et le soir on part en quatrième vitesse avec toute la bande à Bocadelmonte pour ne pas laisser de temps aux voleurs.

Autrefois, on voyait beaucoup d'oiseaux et de petits animaux sur la pente de Bocadelmonte. Ils descendaient boire de l'eau au ruisseau de Pinula, mais maintenant elle est si sale que même eux n'en veulent plus. On ne voit plus que des quiscales et de temps en temps un rouge-gorge ou une petite bécasse. Même les poules et les dindons se font rares. Des taudis et des ordures de toutes sortes, ce n'est pas ce qui manque.

Un café ? Un verre d'eau ? C'est ma petite sœur. Oui, elle est enceinte.

La première fois que j'ai vu l'homme dont je vous parle, c'est il y a à peu près un mois. Il m'a raconté des choses et il voulait vérifier des tas de bêtises. Il est de Santa Rosa, et connaît San José. Il m'a même parlé, sans s'en rendre compte, de mon père. Lui, il était connu.

Il voulait que je lui rende un service. Moi, au début, je ne voulais pas, mais il m'a menacé. Ce qu'il m'a proposé plus tard, c'est de l'argent. Et si quelqu'un est menacé et qu'ensuite on lui propose par-dessus le marché de l'argent, comment ne va-t-il pas accepter ? Surtout dans ma condition. Avec ma petite sœur malade et sur le point d'accoucher. Je n'avais pas grand-chose à faire. À jouer à l'abruti pendant quelques minutes, c'est tout. Comment aurais-je dit non, avec tant de problèmes et l'argent qu'il me proposait ? Il suffisait d'arrêter de courir derrière le petit cheval, juste un instant. Il ne m'a pas expliqué pourquoi.

Les défilés sont partis très tôt de l'Obélisque. À neuf heures, ils finissaient et c'est alors que les gosses ont commencé à arriver. Il y a deux loueurs de chevaux. Ceux de la place Marroquín, ce sont de vraies canailles. Des mafieux qui gagnent beaucoup d'argent. Nous, on est nouveaux. Mais on s'est rendus populaires. On prend moins cher et on a des chevaux de qualité.

Cet enfant qui a été renversé était un bon client. Il aimait le petit cheval moucheté et il ne voulait monter que celui-là. De temps en temps, il lui apportait, voyez-vous, du sel ou des carottes. Il est un peu bizarre, ce gosse, il n'est pas d'ici, n'est-ce pas ? Il sait ce que c'est que monter. Il vérifiait toujours la sangle de sa selle, le mors. Il se tenait bien droit, comme s'il avait un balai dans le cul. Et il enchaînait les tours, s'amusait à faire des courses. Moi, je devais courir derrière lui, et, des fois, dans l'émotion, il allait jusqu'à me donner des coups de rêne.

Bien. Ce jour-là, l'homme de Santa Rosa s'est présenté de bon matin. C'est aujourd'hui, il m'a dit. Au tournant des yuccas, tu joues à l'abruti. J'y serai. C'est là que je te donne l'argent.

J'étais en train de le compter derrière les arbres, quand j'ai entendu le choc.

Puis les sirènes. Ambulances et voitures de police. Mon chef, don Venancio, n'a pas tardé à arriver. Avec tout le fric que j'avais sur moi, j'ai pensé que si, pour une raison ou une autre, on me rendait responsable, tant d'argent serait vu d'un sale œil. Cinq cents pesos. J'ai pensé fuir, mais ce n'était pas non plus la solution. Ce que j'ai fait, c'est cacher l'argent dans le premier endroit venu : les racines creuses d'un figuier du Mexique. Puis je me suis approché au milieu des gens de l'endroit où était le petit cheval, les reins cassés, et ce gosse.

Tout d'abord, don Venancio s'en est pris à moi. C'est lui qui m'a livré aux policiers, et pourtant je suis mineur.

Emmenez-le, il leur a dit. Je lui ai répété mille fois qu'il ne faut jamais s'éloigner des chevaux, même pas une seconde, justement pour qu'il ne nous arrive pas ce genre de choses.

Il a tourné la tête quand je lui ai jeté un regard qui avait l'air d'implorer sa clémence. « Négligence criminelle », disent-ils pour parler d'une des charges qui pèsent sur moi.

Les policiers m'ont passé les menottes, ce qui est illégal. Je suis mineur. C'est ce que m'a dit un journaliste à la cour de justice où vous avez fait ma connaissance. Bref, j'avais les menottes aux poignets quand j'ai vu la maman de l'enfant traverser à toute vitesse la plate-bande vers l'endroit où l'on était. C'était assez amusant, parce qu'elle avait des talons hauts et, comme le sol n'est pas très ferme à cause des averses de la nuit, tous les deux pas, elle perdait ses chaussures.

Les pompiers avaient déjà étendu l'enfant sur une civière pour le mettre dans l'ambulance. Il avait perdu connaissance. Moi, j'ai pensé qu'il était mort.

Assassin ! a crié la femme, et elle s'est précipitée sur moi.

Les agents, eux-mêmes, ont dû me défendre, parce que je crois qu'elle voulait me tuer. Je dis heureusement qu'ils ont mis le grappin sur la dame en la maintenant à deux pas de moi tandis qu'elle donnait des coups de griffe et de pied.

On m'a fait monter dans le fourgon de la police et transporté au tribunal, le reste, vous le savez déjà. Là, on m'a interrogé, et un juge a donné l'ordre de me libérer. Don Venancio ? Non, il ne m'a plus rien dit. Demain, je retourne au travail.

Bien sûr que je suis allé chercher l'argent. Mais il n'était plus là. Je me dis qu'un veinard a dû le trouver.

17

À Ciudad de Guatemala, il existe, comme dans n'importe quelle ville policière, un type particulier d'agent secret. Il occupe un poste important — directeur des Beaux-Arts, président du Collège des médecins, ou mieux encore. Il n'est pas dans ses habitudes de commettre des délits qui puissent être détectés (contrairement à certains banquiers de chez Thompson), mais si l'une de ses opérations est, un jour, découverte, il risque sa peau. Aussi ses services sont-ils, d'ordinaire, extrêmement coûteux.

Il a pu être conçu, ou simplement découvert, aussi bien par les oppresseurs que par les opposants. Tous en ont besoin. Toujours est-il que ses rapports avec ses clients (qui ne sont presque jamais ses supérieurs) sont souvent vitaux pour eux et très lucratifs pour lui.

Vous avez besoin de savoir combien a, sur tel ou tel compte bancaire, un associé ou un ami — ou à quelle hauteur s'élèvent les dettes d'un ennemi ?

Vous avez besoin de savoir quel est le point faible ou susceptible de provoquer un scandale de tel ou tcl personnage politique, d'un dignitaire ecclésiastique ou d'un roi du pétrole ?

Vous voulez vérifier, même si Dieu n'apprécie guère, qui a ordonné telle exécution non officielle ?

Lui peut vous aider, à condition que jamais, sous aucun prétexte, vous ne révéliez son vrai nom.

Il n'y a pas longtemps, un journaliste divulgua les détails d'un projet de coup d'État, deux jours avant la date prévue. Les putschistes, comme c'est souvent le cas chez ceux qui sont imprudents dans cette partie du monde, se sont transformés en citoyens panaméens. Le journaliste dort du sommeil éternel. L'indic est toujours à son poste.

Le Guacamolón : notre grand palais national qui porte le nom de la célèbre purée d'avocat à cause du crépi vert dont il est revêtu et de son bric-à-brac architectural. On dit que, dans l'un de ses sous-sols, il y a une gigantesque machine IBM qui fonctionne jour et nuit sans jamais s'arrêter. Elle brasse toutes sortes de données, élabore régulièrement des fiches, classe des photos et des bandes vidéo, décrit des relations et des lieux, établit des diagnostics et formule des recommandations. Trente mille informateurs environ travaillent pour alimenter le monstre — don gracieux du gouvernement nord-américain. Mais certains disent (toutefois d'autres démentent) que la machine peut intervenir toute seule sur cinq mille lignes téléphoniques en même temps pour écouter des appels aussi bien nationaux qu'internationaux. Il suffit de tenir des propos critiques pour qu'un magnétophone ou une imprimante se mette en marche.

Il en est qui prétendent que la machine est mobile. Elle peut être démontée en moins de huit heures. Quinze fourgonnettes (camouflées en ambulances) servent à la transporter. Le sous-sol du palais n'est que l'un de ses abris préférés.

Des hommes gris, d'obscurs fonctionnaires, des étudiants en sciences humaines, des employés de banque, des spécialistes, des soldats ou d'anciens gardes du corps, certains prédicateurs (évangélistes), quelques curés, quelques psychologues ; des éboueurs, des coiffeurs, des garçons de café et des femmes de chambre, des cireurs de chaussures, des tailleurs, des médecins, des chauffeurs de taxi, des photographes, des prostitués des deux sexes, des horlogers et même quelques fossoyeurs gravitent autour de la machine — mais rares sont ceux qui l'ont vue. Pour déposer leur obole informative ou recevoir des recommandations fraîches, les membres du « premier cercle » — que certains appellent les Archives — entrent en catimini dans une maison rose adossée au palais et longent un corridor souterrain qui mène à l'antichambre du lumineux sous-sol, cœur du cœur de notre sanglante démocratie.

L'un de ces hommes était appelé l'Ombre.

À la tombée de la nuit, Rastelli se gara dans un parking public, à quelques rues du palais. Il se dirigea d'un pas pressé vers les galeries du vieux Porche du Commerce, où les gens marchaient rapidement entre les boutiques qui fermaient et les étals. Il se cacha derrière une colonne et composa un numéro sur son portable. L'Ombre l'attendait dans un modeste restaurant qui donnait sur un flanc du palais, de l'autre côté du parc central.

« J'ai eu de la chance de te trouver ici à une heure pareille », lui dit Rastelli en s'asseyant à une petite table sous un néon clignotant.

L'Ombre portait un impeccable costume de coupe italienne, une cravate Hermès ornée de petits cerfs et des lunettes sans monture. Dans ses cheveux drus et noirs, il y avait assez de gel pour trois.

« Toute chose a sa raison, dit-il en souriant.

— Soit tu tires le diable par la queue, soit je ne te connais plus, lui dit Rastelli.

— Le monde change. Les prix continuent à grimper. On n'en voit pas la fin.

— Comment marche la machine ?

— Aujourd'hui, c'est calme. Production normale.

— Puis-je te donner un nom ?

— Profil ?

— Jeune chef d'entreprise. Nouveau riche. Divorce récent. Peut-être que quelqu'un de sa famille est dans l'armée.

— Haut placé, donc. Qu'est-ce que tu veux savoir ?

— Tout ce qu'il est possible de savoir.

— On parle fric, alors. Dis. Accouche.

— Faustino Barrando Yecub.

— Tu as les cinq cents quetzales sur toi ? » L'Ombre vida d'un trait sa petite bouteille de Gallo et se leva.

« Attends-moi ici. »

Le restaurant donnait sur l'un des hauts murs latéraux et sans fenêtres du palais sur lequel se découpaient les silhouettes de trois vieux palmiers africains rachitiques qui, pour une étrange raison, rappelèrent à Rastelli une scène de fusillade.

« Un cadeau », dit l'Ombre qui retourna à sa

place plus tôt que prévu. Il posa un journal plié en trois sur la table et s'assit en face de Rastelli.

« Il a plus d'un nom. Aucun lien avec les militaires. Père libanais. Ou libyen.

— Tu sais la différence ? »

Rastelli sourit en se remémorant la plaisanterie.

« Entre un Libyen et un Libanais ? Non.

— Je t'explique un autre jour. Mais il est guatémaltèque, n'est-ce pas ?

— Mère probablement indigène. Joli mélange.

— Presque comme toi. »

Rastelli s'esclaffa.

« Mais, bien sûr, Blanche-Neige. C'est un client à toi ?

— Pas exactement.

— Bon, je ne veux rien savoir de plus. Ouvre le journal et regarde. Je vais commander d'autres bières. »

Rastelli prit le journal.

« Je ne peux pas le prendre avec moi ?

— Je regrette. Ce serait illégal », répondit l'Ombre en souriant.

Rastelli déplia le journal. À l'intérieur de la double page centrale, il y avait deux feuilles provenant des terribles Archives. Sur la première, fixée par un trombone rouillé, la photo d'un homme d'une quarantaine d'années, au teint foncé et aux cheveux plats et noirs, aux tempes grisonnantes et très dégarnies, à la moustache grise et très fournie. Après avoir lu attentivement les renseignements concernant une série d'activités illicites menées à terme pendant douze ans par Faustino Barrondo, Rastelli replia le journal et le rendit à l'Ombre.

18

Silvestre ouvrit les yeux, les referma. Sous l'effet des analgésiques, il avait fait un rêve paisible. Une ruelle en Belgique. Mais il avait les hanches très abîmées.

Dans le petit lit d'à côté, il y avait une très jeune fillette. Elle était osseuse, laide, et elle avait un regard intense. Une infirmière lui avait fait une injection et, après avoir pleuré un moment, elle s'était endormie.

Lever une main, bouger les yeux, les orteils — tout exigeait de gros efforts. Il se sentait fragile, mais le désir de liberté était là, quelque chose d'instinctif et d'animal.

L'homme qui était sorti de derrière l'hévéa n'avait pas de pétards à la main, mais un pistolet. La balle, qui avait blessé quelqu'un d'autre, était pour lui. Ils voulaient le tuer mais ils n'avaient pas réussi. Soit Dieu l'avait sauvé soit il avait eu beaucoup de chance.

Un jour, à peine arrivé au Guatemala, Silvestre

avait souhaité la mort de certains hommes. Il se promenait avec Faustino à l'Aurora, le jardin zoologique. Les hommes torturaient en riant un vieil éléphant. Ils lui arrachaient une défense en s'aidant d'un petit tracteur. « Ce n'est pas qu'ils soient méchants, lui avait dit Faustino. Mais ils ont besoin d'argent. Ils la lui enlèvent pour la vendre, une défense d'éléphant peut valoir très cher. »

Un soldat en treillis venait de passer devant sa porte, qui restait ouverte.

Il y avait des barreaux à la fenêtre.

Maintenant il était seul dans la chambre. On avait emporté la fillette sans qu'il s'en aperçût. Il balaya la pièce du regard. Peu après, une infirmière entra, et Silvestre entrouvrit les yeux quand il vit qu'elle levait un bras pour allumer la lumière. Elle était très maigre. Et, pensa-t-il, masquée. Les rides qui sillonnaient son front étaient trop droites, trop profondes.

L'infirmière sépara ses paupières.

« N'aie pas peur », lui dit-elle ; quatre mots que Silvestre comprenait.

Elle souleva les draps pour laisser son corps à découvert et, de ses mains glacées, lui toucha la taille.

« Tu as mal là ? »

Silvestre acquiesça en gémissant. Le masque feignit la compassion, tandis qu'une main gantée vérifiait son ventre. Ce n'était pas une femme ;

ses mains étaient des griffes de métal ; c'était un robot. Ses mouvements étaient mécaniques, sa respiration n'était pas naturelle.

« Tu as mal ?

— Un peu.

— Et ici ?

— Pareil.

— Très bien. Dès demain, tu pourras marcher. »

Silvestre eut une folle envie de se regarder dans une glace. Il était si différent de tous — de Faustino et d'Ileana, des visages qu'il voyait à la télévision, des enfants de l'école ou de la rue, et de cette infirmière qui, à l'aide d'une pince, était en train de lui ôter les particules de pavés qui s'étaient incrustées dans sa peau. De temps à autre, il poussait un gémissement de douleur.

L'infirmière replaça les draps sur lui. Elle le regarda en souriant et Silvestre lui rendit son sourire.

« Dors », lui dit-elle. Elle fit demi-tour en faisant chuinter ses semelles de caoutchouc sur les carreaux et s'éloigna du lit. Elle éteignit la lumière et sortit dans le corridor.

Ce monde blanc et l'odeur de médicaments lui étaient étrangement familiers. L'orphelinat de Bruges ! se rappela-t-il tout à coup. Il fallait s'enfuir. Mais il se rendormit.

Il ouvrit les yeux. Maintenant la chambre était éclairée par un réverbère de la rue et par la lune, filtrés par une vitre qui rappelait la glace et les barreaux de la fenêtre. C'était par là qu'entraient aussi les bruits de la rue — de temps en temps, un autobus qui passait faisait trembler la pièce.

Il essaya de remuer ses bras, ses jambes.

Quelqu'un entra sans faire de bruit dans la chambre. Referma la porte que l'infirmière avait laissée ouverte et, sans allumer la lumière, s'approcha du lit de Silvestre. Celui-ci pensa qu'il valait mieux fermer les yeux, faire semblant de dormir.

« Dis donc, mon petit gars, dit une voix d'homme, je sais très bien que tu es réveillé. Je suis ton ami. Je suis un ami de la Sangsue. Silvestre, tu me comprends ? Ouvre les yeux. »

Silvestre obéit.

C'était l'homme le plus laid qu'il eût jamais vu, mais il ne lui fit pas peur. Ses yeux globuleux et son grand nez lui rappelaient la caricature d'une souris.

« Je t'ai apporté ceci. »

Il posa sur le lit un paquet de vêtements froissés et des chaussures que Silvestre reconnut : il les avait offertes peu de temps auparavant à son ami la Sangsue.

« On va te faire sortir d'ici. Tu me comprends ? » dit-il en articulant très lentement.

Silvestre acquiesça d'un signe de la tête.

« Où on va ? demanda-t-il.

— Ne me pose pas de questions, on n'a pas le temps. Chuuuut ! »

Quelqu'un passait dans le corridor.

« Dès que je serai sorti, tu te lèves et tu vas avec ces vêtements à la salle de bains qui est au bout du corridor. Tu es sûr que tu me comprends ? » Silvestre répondit que oui.

« Tu fais couler une douche, tu t'habilles. Tu sors par la fenêtre. Tu laisses couler l'eau. Tu es sûr que tu comprends ce que je te dis ? À l'extérieur de la salle de bains, il y a un jardin entouré d'une clôture métallique. Je pense que tu peux passer entre les barreaux, sinon regarde comment tu fais pour sauter. Moi, je t'attendrai de l'autre côté de la rue. D'accord ? »

Silvestre acquiesça de nouveau.

Il eut le tournis quand il passa sans difficulté sa tête entre les barreaux de la fenêtre de la salle de bains. Il attendit un moment, puis descendit rapidement par le lierre qui recouvrait le mur et tomba sur ses pieds dans la pelouse du jardin. Personne ne le vit. Ce n'était qu'une ombre minuscule qui se faufila entre les barres de métal de la haute grille de l'ancien Hôpital militaire. Indifférent, le garde en faction le vit courir vers le côté sombre de la rue.

19

La rue était chichement éclairée par une lumière jaunâtre. Le trottoir était haut et étroit. Ça sentait l'urine.

Rastelli l'appela en ouvrant dans l'ombre la portière de sa BMW :

« Ici, Silvestre. »

Après avoir roulé un bon moment vers le nord dans des rues où des enseignes lumineuses annonçaient des pharmacies, des bains turcs et des garages, ils arrivèrent dans le vieux et sale centre-ville.

« Tu as peur ? » demanda Rastelli.

Silvestre fit un signe négatif de la tête.

« Tu as faim ? »

Silvestre dit que oui.

« Bonne chose », dit Rastelli.

Ils tournèrent dans une rue qui bifurquait pour céder la place à un petit parc. Sur un côté s'étendait une mer de toits carrés, parmi lesquels se détachait le dôme blanc et fantomatique d'une église catholique (« Du Mal », lisait-on en grandes lettres noires. « Délivrez-nous » était inscrit de l'autre côté). On devinait un ravin au bout de la rue. Rastelli arrêta sa voiture.

« On descend ici », dit-il à l'enfant.

Ils marchèrent entre des pins et des plates-bandes d'euphorbes jusqu'à un buste de bronze protégé par une grille de fer forgé et situé au milieu de quatre bancs de béton. Ils s'assirent sur l'un des bancs. Il faisait noir. On ne voyait personne, personne ne les verrait.

Le père adoptif de Silvestre avait beaucoup de dettes (en argent et en espèces) à solder et quelques-unes à recouvrer. L'un de ses créanciers, ou de ses débiteurs, avait peut-être essayé de séquestrer Silvestre — ou simplement de lui faire du mal en signe d'avertissement ou de vengeance. À moins que Barrondo, acculé, n'eût décidé de causer la mort de Silvestre pour toucher une assurance-vie dont il était le seul bénéficiaire.

« Le mieux est que tu restes ici », dit Rastelli.

En attendant que la tempête fût passée, Silvestre pouvait survivre en compagnie des enfants du quartier. Dieu — qui n'existe pas, pensait Rastelli — savait ce qui adviendrait ensuite. Lui ne faisait qu'obéir à une voix intérieure, ou à un caprice, qui lui avait intimé l'ordre de protéger cet enfant.

« Prends ça, ici tu seras en sécurité, du moins

aujourd'hui. » Il lui donna une couverture de laine et un quignon de pain. « Moi, je dois m'en aller. Ce matin, un homme viendra balayer. Tu peux avoir confiance en lui. Il connaît d'autres enfants qui vivent dans les parages. J'ai grandi tout près d'ici. On peut tenir. Tu n'as pas peur, hein ? »

Silvestre fit un signe négatif de la tête.

Rastelli se leva, posa une main sur la tête de l'enfant et ébouriffa affectueusement ses cheveux.

« Je m'appelle Emilio. Je viendrai te chercher un de ces jours. Ne m'oublie pas », lui dit-il, et il se dirigea vers sa BMW.

Quand il se retrouva seul, Silvestre mangea son pain. Dieu ne l'avait pas oublié. À moins que… Après avoir cherché un moment, il ramassa une pierre ronde qui tenait dans son poing. Il avait froid, mais il préférait être là qu'à l'hôpital. Il déplia sa couverture, se coucha sur le banc et se couvrit.

20

« Réveille-toi, blondinet. » C'était un vieil homme à la chevelure blanche et abondante, aux yeux gris et joyeux. La peau de son visage ressemblait à du cuir. Il portait des sandales aux semelles découpées dans des pneus et un pantalon très rapiécé. D'une main, il tenait un grand balai comme ceux que font les aveugles. À côté de lui, il avait une poubelle orange montée sur des roulettes. « Il ne faut pas dormir ici, blondinet, parce que si la bande t'attrape, à tous les coups elle te tue. Réveille-toi. » Il toucha une de ses jambes avec le manche du balai.

Silvestre crut que c'était un geste inamical et il se leva d'un bond. Le vieux recula et, fronçant les sourcils, empoigna le balai comme si c'était une arme. Silvestre leva la main qui tenait la pierre pour frapper le vieux, mais celui-ci sourit.

« N'aie pas peur, dit-il. Je ne vais pas te blesser. Qu'est-ce que tu fais ici ? Ce parc n'est pas sûr. Plusieurs enfants comme toi y ont passé l'arme à gauche. Et même des policiers. Tu n'es pas d'ici, n'est-ce pas ? »

Silvestre baissa le bras mais ne lâcha pas la pierre.

« Tu as des parents ?

— Non.

— Où tu vis, alors ? »

Silvestre ne répondit pas ; il fit un geste pour signifier qu'il ne comprenait pas.

« Alors tu es foutu. »

Le vieux s'éloigna et commença à balayer les ordures et les feuilles mortes du parc.

Quand il eut fini, il se remit à parler avec Silvestre, qui était toujours assis sur son banc.

« Qu'est-ce qui t'est arrivé ? Tu sors de l'hôpital ? » Il regardait le visage violacé de Silvestre. « Tu vois, mon petit gars, il faut faire très gaffe par ici. Toi qui es tout blond, tu n'as aucune chance. Ne reste pas seul. Si tu n'as pas de maison et que tu dois vivre dans la rue, tu ne pourras pas si tu es seul. Tu ne comprends pas ce que je te dis ? »

Silvestre fit un signe négatif de la tête. Le vieux avait perdu patience ; il haussa les épaules et détourna les yeux.

« J'ai faim », dit Silvestre.

Le vieux posa son balai contre sa brouette et s'adressa une fois de plus à Silvestre.

« Regarde », lui dit-il. Il leva les yeux vers le ciel, où un gros nuage noir se montrait au-dessus d'une ligne sombre de montagnes après le ravin. « Prépare-toi, mon petit, il ne va pas tarder à pleuvoir. Cherche-toi un bon morceau de plastique. Ouvre bien les yeux et tu le trouveras. »

La brise qui commença à souffler sentait la pluie. Silvestre vit tout à coup trois enfants apparaître dans un coin du parc. Il y en avait un qui avait une balle de caoutchouc sous le bras.

« Va jouer si tu en as envie. Moi, je ne vais pas te donner à manger, mais je surveille ta couverture. Bien. Tu me la réclames cet après-midi. » Il la prit, l'enroula et la glissa entre deux barres de sa brouette.

« À tout à l'heure », lui dit Silvestre, content. Il se dirigea en boitant un peu, mais en accélérant le pas, vers les enfants et s'arrêta à quelques pas d'eux.

« C'est parti pour une *chamusca,* la Menace. On est déjà quatre, dit celui qui avait la balle et qui s'appelait la Joie.

— Mais il va tout de suite pleuvoir, protesta la Menace.

— Et alors ? » répliqua la Joie. Il se tourna vers Silvestre. « Tu joues ? Tu t'appelles Silvestre ? demanda-t-il en riant. Tu ressembles à Piolín. Bon, tu es avec moi. À quoi on va jouer ?

— Celui qui perd va piquer de quoi boire », proposa celui qui semblait le plus âgé. Il avait l'air agité ; on l'appelait la Tarentule.

« Espèce de mange-merde ! lui dit la Joie, on a eu assez d'histoires comme ça !

— Alors ?

— Si on gagne, tu me la suces », dit-il, et il se mit à courir en riant. Il fit rebondir la balle deux fois avant de la lancer d'un coup de pied vers un mur de brique à un bout du petit parc. La balle tomba au beau milieu d'un carré dessiné au charbon.

Ils commencèrent à jouer une *chamusca*, nom donné ici aux matches informels. La Joie commentait les coups avec l'habileté d'un speaker professionnel.

La Joie et Silvestre gagnèrent.

« Bien », dit le premier. Il récupéra la balle et la mit sous son bras. « Il faut téter.

— Va téter ta tata, lui dit la Tarentule. Allez, la revanche !

— J'ai faim, dit Silvestre en touchant son ventre.

— On mange après », promit la Joie.

Malgré l'averse qui commençait à tomber, ils firent un autre match.

« L'avant blessé Piolín part sur la gauche, messieurs, claironnait la Joie. La balle au pied, il dribble, ouaiiiis ! Dribble de nouveau la Menace. Shoote. Reprend la balle. Une vraie toupie, messieurs ! Quelle technique ! Du jamais-vu par les supporters de chez nous. Il avance, s'apprête à shooter. Seul. Frappe et... buuuuuut !

— *Cocheleón !* » dit la Menace à Silvestre quand il courut vers la Joie, bras levés, triomphal.

La Menace et la Tarentule avaient encore perdu.

« *Cocheleón* ? Qu'est-ce que ça veut dire ? demanda Silvestre à la Joie.

— Rien. C'est un mot que j'ai inventé. »

La Tarentule alla chercher la balle qui, du mur, avait rebondi dans la rue. Il pleuvait désormais moins fort.

« Allez, dit la Joie. Double sucette.

— Regardez, s'écria alors la Menace. Les flics ! »

Deux agents en uniforme venaient de descendre d'un véhicule officiel et se dirigeaient d'un pas énergique vers les enfants qui prirent la poudre d'escampette.

L'un des agents, en les voyant fuir ainsi, éclata de rire. L'autre cria. Silvestre ne comprit pas ce qu'il disait, mais il regarda derrière lui. La Menace courait derrière Silvestre sur un sentier glissant qui longeait un précipice ; il était la panique personnifiée.

La pluie s'infiltrait entre les planches à moitié pourries d'une vieille grosse porte que les enfants avaient posée entre deux fourches en bois pour se faire une tanière dans le creux d'un grand fossé. Ils restèrent tous les quatre un bon moment muets. Une odeur fétide d'ordures montait jusqu'à eux, se mêlant à des rafales d'air tiède et à la fraîcheur de la pluie. Le vent faisait bouger la cime des arbres, et de grosses gouttes tombaient sur le toit de bois. La pluie se transforma en bruine. De petits nuages très bas passaient à toute vitesse, on aurait dit qu'ils faisaient des sauts de grenouille sur les collines et les ravins couverts de faubourgs en lambeaux. Les montagnes bleues, les mêmes que celles qu'il voyait de la terrasse de sa maison — Silvestre les reconnut — apparurent au loin.

« Bon, les gars, dit la Joie. Il faut rembourser les dettes. »

Il déboutonnait son pantalon.

« Allez, sucez ! dit-il en riant. Ha ha, ha, ha, ha !

— Tu n'es qu'un mange-merde, la Joie ! répondit la Menace.

— Toi, c'est au petit copain belge qui est ici que tu dois le faire. Qu'est-ce que tu en dis, Piolín ?

— Non », répondit Silvestre d'un ton sérieux. Il se toucha l'œsophage. « Il faut que je mange quelque chose. »

La Joie reboutonna son pantalon, et Silvestre, soulagé, comprit que ce n'était qu'une plaisanterie.

« Et toi, qu'est-ce qui t'est arrivé ? demanda la Tarentule à Silvestre.

— J'ai été renversé. » Il leur montra sa hanche blessée. « Et toi ?

— Ces flics, dit la Menace, puis il souleva son tee-shirt pour montrer divers bleus. Ils m'ont chopé en train de sniffer de la colle et voilà, la raclée ! La Joie, montre-lui ta balafre. »

La Joie leur montra la trace de balle qu'il avait à la poitrine, et les enfants se déplacèrent pour voir la cicatrice de plus près.

« J'ai essayé de dévaliser une huile. Il était armé et, quand il s'est rendu compte que je voulais lui prendre son portefeuille, il m'a tiré dessus. »

Quand le ciel fut dégagé, ils remontèrent au parc.

Silvestre accompagna la Menace qui prétendait, lui aussi, avoir faim jusqu'à une petite gargote crasseuse. La tenancière, une femme très grosse, leur offrit un sac de pain rassis et un morceau de fromage frais. Ils mangèrent tous les deux le fromage sur le pas de la porte. Puis retournèrent au parc et le pain fut réparti entre les quatre.

21

LE FILS ADOPTIF D'UN JEUNE CHEF D'ENTREPRISE A ÉTÉ RENVERSÉ

Silvestre Barrondo, âgé de sept ans, fils adoptif de Faustino Barrondo et d'Ileana Chicas de Barrondo, né dans la localité belge de Bruges, a été admis, hier matin, à l'Hôpital militaire dans un état grave après avoir été renversé avenue de Las Américas par une camionnette Discovery bleu métallisé qui a pris la fuite. Il paraît que des membres proches de sa famille sont arrivés, la semaine dernière, dans le pays. Ils auraient déposé auprès de la Commission de l'enfance une plainte pour abus et sévices sur mineur. Au moment où notre première édition était bouclée…

Joaquín referma le journal. La lecture de cette information, l'excès de bière et une odeur de graisse de cuisine qui entrait par la fenêtre de la petite chambre de l'hôtel où il avait passé la nuit lui soulevaient l'estomac. À la sortie du

Tiempo, se souvint-il dans les brumes de l'alcool, Elena l'avait déposé dans cet hôtel.

Son portable sonna. C'était Vallina.

« Où es-tu ? demanda-t-il.

— Je ne sais pas exactement. Dans un hôtel du centre.

— N'avions-nous pas rendez-vous aujourd'hui ici ? Tu me fais attendre. »

Il n'y a rien de tel qu'une gueule de bois mêlée à une querelle sans nécessité avec la bien-aimée pour faire de tout homme, du moins pour un moment, une personne morale. Le malaise et le sentiment d'être responsable d'une querelle qui pourrait lui coûter le bonheur lui font souhaiter de corriger non seulement les faiblesses de la veille, mais aussi la longue série d'erreurs de jugement que lui semble avoir été, à ce moment-là, l'histoire de sa vie. La lucidité alcoolique lui montre que même l'acte le plus simple pourrait être la clé de son futur bien-être, et le rend implacable — même si ce n'est que le temps de la séquence éthylique — dans ses scrupules.

« Ah bon ! dit Joaquín comme à contrecœur. Je ne me souviens plus pourquoi.

— Un problème avec un certain petit cheval, ça ne te dit rien ?

— Ah c'est ça ! Eh bien, vois-tu, je cuve.

— Que penses-tu faire ?

— Pour le moment, rien. Plus tard, je crois que je vais passer deux coups de fil. »

Assez longue pause. Puis, Vallina :

« Des coups de fil ? À qui ?

— Le premier, à mon ami Armando. »

Nouvelle pause, et de nouveau Vallina :

« Et qu'est-ce que tu vas lui dire ?

— De ne pas être une lavette et de déclarer ce qui s'est passé comme ça s'est passé. Et aussi, que s'il continue comme ça, il va devoir débourser beaucoup d'argent à des gens comme Pedro, et comme moi. Et comme toi. À vrai dire, qu'est-ce qu'il a à perdre ? Son nom ? C'était un accident, je ne pense pas que laver une tache de ce genre coûte si cher sur le plan de l'honneur.

— En effet », dit Vallina ; sa voix, pensa Joaquín, était devenue très fine, de glace. « C'est assez brillant. Mais Rastelli t'a parlé, n'est-ce pas ? Les choses se compliquent. Ne t'a-t-il pas dit qu'il s'agissait peut-être d'une tentative de kidnapping ? Donc tu le sais.

— Quoi ?

— Que vous risquez de passer pour complices, involontaires il est vrai, d'une tentative de kidnapping. Grave. C'est du moins ainsi que je vois les choses.

— Du moins ? Rien que ça !

— Et l'autre coup de fil ?

— Ah oui, l'autre coup de fil. À une amie.

— Ah bon !

— Elle est journaliste. Et je suis sûr qu'elle va vouloir savoir qui a pu avoir eu l'idée de… »

Vallina raccrocha.

Joaquín se leva, entra dans la salle de bains. Évitant de regarder la glace, il se pencha sur le lavabo, ouvrit le robinet. S'aspergea le visage, la tête, et, du coup, il se sentit un peu mieux. Il sortit un dépuratif de sa trousse de toilette, le laissa fondre dans un verre d'eau. But le liquide effervescent, puis resta dans la pièce, affalé, jambes écartées, sur un canapé, en attendant que les sels salutaires et les acides fissent leur effet.

Ils restèrent un moment assis, sans rien dire, sur un banc de ciment près de la fontaine du parc de Berlin.

« L'air guatémaltèque est toxique, dit-il. (Peut-être étaient-ce les gaz émis par tant de volcans.) Les gens qui vivent ici sont comme en pierre, ce sont des gens morts.

— Tu exagères un peu, dit-elle, un sourire éteint sur les lèvres, et, penchant légèrement la tête de côté, elle demanda : Mais que crois-tu qu'on puisse faire ? »

Un sourire en coin, il haussa les épaules. Il est très tard, pensa-t-il. Il dit :

« Nous tirer d'ici. »

Elle lui asséna un coup de poing sur un bras avec une fureur inattendue.

« Non, dit-elle.

— Alors, rien. Il n'y a rien à faire. »

Ils regardèrent autour d'eux : la petite place déserte, les chiens ixim, les ordures ; au loin, dans un coin, un conciliabule d'enfants de la rue regroupés sous la lumière maladive d'un réverbère.

« Regarde. Les pierres, dit Elena.

— Quelles pierres ?

— Les pierres enchantées.

— Alors il vaut mieux s'en aller pour qu'ils ne viennent pas jusqu'ici et décident de te violer.

— Mais ce sont des enfants.

— Hum... »

Ils se dirigèrent vers la tour de logements. Il frappa trois fois à la porte de verre avec la pointe d'une petite clé pour qu'un vigile en uniforme et à moitié endormi sorte de derrière des pots de palmiers pour soulever la barre de fer et les laisser entrer.

Dans l'appartement, il déboucha une bouteille de vin rouge, et vit ses yeux s'éclairer quand elle entendit le bruit fait par le bouchon en sortant de la bouteille. Il emplit deux verres à moitié.

« À ta santé !

— À ta santé !

— On va s'asseoir, dit-il, et il la mena à l'autre bout de la salle de séjour.

— Où pourrait-on aller ? demanda-t-elle.

— N'importe où. L'important est de partir d'ici. Tu viens ? Parce que moi, un de ces jours, je m'en vais. Et pour toujours, je crois. »

Mais elle, elle aimait trop son travail pour avoir envie de l'accompagner, pensa-t-il. Être la directrice du supplément hebdomadaire d'un journal était un privilège (même dans une république de morts).

« Morts ? Tu vas me rendre triste », dit Elena. Elle ôta ses chaussures et s'étendit sur le dos, les mains

derrière la tête, sur un matelas posé à même le sol qui tenait lieu de divan. Elle portait un pantalon noir et une blouse de lin très légère. Son ventre était, maintenant, découvert ; il montait et descendait au rythme de sa respiration.

« Je ne sais pas pourquoi, dit-elle, quand je me couche comme ça, je me mets à penser à mille choses. Par exemple, pourquoi j'ai mis aujourd'hui un pantalon au lieu d'une jupe ? ou pourquoi je ne me suis pas fait des tresses ?

— Des choses importantes.

— Pour moi, oui.

— Transcendantes, ajouta Joaquín en souriant.

— Toi et moi, demanda-t-elle ensuite, les yeux fixés sur le plafond blanc, nous aussi on est morts ? »

Il était mal installé à côté d'elle, la tête appuyée sur une main, tandis que de l'autre il caressait son joli ventre concave. Il sourit et lui dit :

« Notre cas est différent.

— Et qu'est-ce qui nous différencie des autres ? »

La réponse qu'elle désirait, et qu'il aurait pu lui donner sans crainte, aurait peut-être altéré ce moment. Joaquín leva les sourcils :

« C'est un mystère.

— Un mystère ? »

Pourquoi voulait-elle savoir ? se demanda-t-il. Il changea de position, pour se retrouver sur le dos comme elle. Il dit :

« Je ne crois pas que nous soyons morts, pas encore.

— Non ?

— Absolument pas. »

Elle posa son verre à côté du lit et sourit avec une désinvolture inattendue.

« Toutefois, pour être franche, je dirais que tu deviens raide.

— Comme de la pierre », dit-il.

Elle le toucha.

C'était vrai.

DU MÊME AUTEUR

Aux Éditions Gallimard

UN RÊVE EN FORÊT

LE PROJET

LE SILENCE DES EAUX

L'ANGE BOITEUX

PIERRES ENCHANTÉES (Folio n° 5776)

LA RIVE AFRICAINE

MANÈGE

LES SOURDS

Atelier du givre — Éditions Soriano

LE COUTEAU DU MENDIANT — L'EAU TRANQUILLE

COLLECTION FOLIO

Dernières parutions

5581. Paolo Rumiz	*L'ombre d'Hannibal*
5582. Colin Thubron	*Destination Kailash*
5583. J. Maarten Troost	*La vie sexuelle des cannibales*
5584. Marguerite Yourcenar	*Le tour de la prison*
5585. Sempé-Goscinny	*Les bagarres du Petit Nicolas*
5586. Sylvain Tesson	*Dans les forêts de Sibérie*
5587. Mario Vargas Llosa	*Le rêve du Celte*
5588. Martin Amis	*La veuve enceinte*
5589. Saint Augustin	*L'Aventure de l'esprit*
5590. Anonyme	*Le brahmane et le pot de farine*
5591. Simone Weil	*Pensées sans ordre concernant l'amour de Dieu*
5592. Xun zi	*Traité sur le Ciel*
5593. Philippe Bordas	*Forcenés*
5594. Dermot Bolger	*Une seconde vie*
5595. Chochana Boukhobza	*Fureur*
5596. Chico Buarque	*Quand je sortirai d'ici*
5597. Patrick Chamoiseau	*Le papillon et la lumière*
5598. Régis Debray	*Éloge des frontières*
5599. Alexandre Duval-Stalla	*Claude Monet - Georges Clemenceau : une histoire, deux caractères*
5600. Nicolas Fargues	*La ligne de courtoisie*
5601. Paul Fournel	*La liseuse*
5602. Vénus Khoury-Ghata	*Le facteur des Abruzzes*
5603. Tuomas Kyrö	*Les tribulations d'un lapin en Laponie*
5605. Philippe Sollers	*L'Éclaircie*
5606. Collectif	*Un oui pour la vie ?*
5607. Éric Fottorino	*Petit éloge du Tour de France*
5608. E.T.A. Hoffmann	*Ignace Denner*

5608. Frédéric Martinez *Petit éloge des vacances*
5610. Sylvia Plath *Dimanche chez les Minton et autres nouvelles*
5611. Lucien *« Sur des aventures que je n'ai pas eues ». Histoire véritable*
5612. Julian Barnes *Une histoire du monde en dix chapitres ½*
5613. Raphaël Confiant *Le gouverneur des dés*
5614. Gisèle Pineau *Cent vies et des poussières*
5615. Nerval *Sylvie*
5616. Salim Bachi *Le chien d'Ulysse*
5617. Albert Camus *Carnets I*
5618. Albert Camus *Carnets II*
5619. Albert Camus *Carnets III*
5620. Albert Camus *Journaux de voyage*
5621. Paula Fox *L'hiver le plus froid*
5622. Jérôme Garcin *Galops*
5623. François Garde *Ce qu'il advint du sauvage blanc*
5624. Franz-Olivier Giesbert *Dieu, ma mère et moi*
5625. Emmanuelle Guattari *La petite Borde*
5626. Nathalie Léger *Supplément à la vie de Barbara Loden*
5627. Herta Müller *Animal du cœur*
5628. J.-B. Pontalis *Avant*
5629. Bernhard Schlink *Mensonges d'été*
5630. William Styron *À tombeau ouvert*
5631. Boccace *Le Décaméron. Première journée*
5632. Isaac Babel *Une soirée chez l'impératrice*
5633. Saul Bellow *Un futur père*
5634. Belinda Cannone *Petit éloge du désir*
5635. Collectif *Faites vos jeux !*
5636. Collectif *Jouons encore avec les mots*
5637. Denis Diderot *Sur les femmes*
5638. Elsa Marpeau *Petit éloge des brunes*
5639. Edgar Allan Poe *Le sphinx*
5640. Virginia Woolf *Le quatuor à cordes*
5641. James Joyce *Ulysse*

5642. Stefan Zweig — *Nouvelle du jeu d'échecs*
5643. Stefan Zweig — *Amok*
5644. Patrick Chamoiseau — *L'empreinte à Crusoé*
5645. Jonathan Coe — *Désaccords imparfaits*
5646. Didier Daeninckx — *Le Banquet des Affamés*
5647. Marc Dugain — *Avenue des Géants*
5649. Sempé-Goscinny — *Le Petit Nicolas, c'est Noël !*
5650. Joseph Kessel — *Avec les Alcooliques Anonymes*
5651. Nathalie Kuperman — *Les raisons de mon crime*
5652. Cesare Pavese — *Le métier de vivre*
5653. Jean Rouaud — *Une façon de chanter*
5654. Salman Rushdie — *Joseph Anton*
5655. Lee Seug-U — *Ici comme ailleurs*
5656. Tahar Ben Jelloun — *Lettre à Matisse*
5657. Violette Leduc — *Thérèse et Isabelle*
5658. Stefan Zweig — *Angoisses*
5659. Raphaël Confiant — *Rue des Syriens*
5660. Henri Barbusse — *Le feu*
5661. Stefan Zweig — *Vingt-quatre heures de la vie d'une femme*
5662. M. Abouet/C. Oubrerie — *Aya de Yopougon, 1*
5663. M. Abouet/C. Oubrerie — *Aya de Yopougon, 2*
5664. Baru — *Fais péter les basses, Bruno !*
5665. William S. Burroughs/Jack Kerouac — *Et les hippopotames ont bouilli vifs dans leurs piscines*
5666. Italo Calvino — *Cosmicomics, récits anciens et nouveaux*
5667. Italo Calvino — *Le château des destins croisés*
5668. Italo Calvino — *La journée d'un scrutateur*
5669. Italo Calvino — *La spéculation immobilière*
5670. Arthur Dreyfus — *Belle Famille*
5671. Erri De Luca — *Et il dit*
5672. Robert M. Edsel — *Monuments Men*
5673. Dave Eggers — *Zeitoun*
5674. Jean Giono — *Écrits pacifistes*
5675. Philippe Le Guillou — *Le pont des anges*

5676. Francesca Melandri *Eva dort*
5677. Jean-Noël Pancrazi *La montagne*
5678. Pascal Quignard *Les solidarités mystérieuses*
5679. Leïb Rochman *À pas aveugles de par le monde*
5680. Anne Wiazemsky *Une année studieuse*
5681. Théophile Gautier *L'Orient*
5682. Théophile Gautier *Fortunio. Partie carrée. Spirite*
5683. Blaise Cendrars *Histoires vraies*
5684. David McNeil *28 boulevard des Capucines*
5685. Michel Tournier *Je m'avance masqué*
5686. Mohammed Aïssaoui *L'étoile jaune et le croissant*
5687. Sebastian Barry *Du côté de Canaan*
5688. Tahar Ben Jelloun *Le bonheur conjugal*
5689. Didier Daeninckx *L'espoir en contrebande*
5690. Benoît Duteurtre *À nous deux, Paris !*
5691. F. Scott Fitzgerald *Contes de l'âge du jazz*
5692. Olivier Frébourg *Gaston et Gustave*
5693. Tristan Garcia *Les cordelettes de Browser*
5695. Bruno Le Maire *Jours de pouvoir*
5696. Jean-Christophe Rufin *Le grand Cœur*
5697. Philippe Sollers *Fugues*
5698. Joy Sorman *Comme une bête*
5699. Avraham B. Yehoshua *Rétrospective*
5700. Émile Zola *Contes à Ninon*
5701. Vassilis Alexakis *L'enfant grec*
5702. Aurélien Bellanger *La théorie de l'information*
5703. Antoine Compagnon *La classe de rhéto*
5704. Philippe Djian *"Oh..."*
5705. Marguerite Duras *Outside* suivi de *Le monde extérieur*
5706. Joël Egloff *Libellules*
5707. Leslie Kaplan *Millefeuille*
5708. Scholastique Mukasonga *Notre-Dame du Nil*
5709. Scholastique Mukasonga *Inyenzi ou les Cafards*
5710. Erich Maria Remarque *Après*
5711. Erich Maria Remarque *Les camarades*
5712. Jorge Semprun *Exercices de survie*

5713. Jón Kalman Stefánsson	*Le cœur de l'homme*
5714. Guillaume Apollinaire	*« Mon cher petit Lou »*
5715. Jorge Luis Borges	*Le Sud*
5716. Thérèse d'Avila	*Le Château intérieur*
5717. Chamfort	*Maximes*
5718. Ariane Charton	*Petit éloge de l'héroïsme*
5719. Collectif	*Le goût du zen*
5720. Collectif	*À vos marques !*
5721. Olympe de Gouges	*« Femme, réveille-toi ! »*
5722. Tristan Garcia	*Le saut de Malmö*
5723. Silvina Ocampo	*La musique de la pluie*
5724. Jules Verne	*Voyage au centre de la terre*
5725. J. G. Ballard	*La trilogie de béton*
5726. François Bégaudeau	*Un démocrate : Mick Jagger 1960-1969*
5727. Julio Cortázar	*Un certain Lucas*
5728. Julio Cortázar	*Nous l'aimons tant, Glenda*
5729. Victor Hugo	*Le Livre des Tables*
5730. Hillel Halkin	*Melisande ! Que sont les rêves ?*
5731. Lian Hearn	*La maison de l'Arbre joueur*
5732. Marie Nimier	*Je suis un homme*
5733. Daniel Pennac	*Journal d'un corps*
5734. Ricardo Piglia	*Cible nocturne*
5735. Philip Roth	*Némésis*
5736. Martin Winckler	*En souvenir d'André*
5737. Martin Winckler	*La vacation*
5738. Gerbrand Bakker	*Le détour*
5739. Alessandro Baricco	*Emmaüs*
5740. Catherine Cusset	*Indigo*

Composition Nord Compo
Impression Novoprint
à Barcelone, le 30 avril 2014
Dépôt légal : avril 2014
ISBN 978-2-07-045697-0./Imprimé en Espagne.

261224